琼 瑶

作 品 大 全 集

# 还珠格格

第一部 3

# 真相大白

琼瑶 著

作家出版社

琼瑶，本名陈喆，作家、编剧、作词人、影视制作人。原籍湖南衡阳，1938年生于四川成都，1949年随父母由大陆赴台生活。16岁时以笔名心如发表小说《云影》，25岁时出版首部长篇小说《窗外》。多年来笔耕不辍，代表作包括《烟雨蒙蒙》《几度夕阳红》《彩云飞》《海鸥飞处》《心有千千结》《一帘幽梦》《在水一方》《我是一片云》《庭院深深》等。

多部作品先后改编成为电影及电视剧，琼瑶也因此步入影视产业。《六个梦》系列、《梅花三弄》系列、《还珠格格》系列等，影响至深，成为几代读者与观众共同的记忆。

琼瑶以流畅优美的文笔，编织了众多曲折动人的故事。其作品以对于梦的憧憬和爱的执着，与大众流行文化紧密结合，风靡半个多世纪，成为华文世界中极重要的文学经典。

我为爱而生，我为爱而写
文字里度过多少春夏秋冬
文字里留下多少青春浪漫
人世间虽然没有天长地久
故事里火花燃烧爱也依旧

                            夏瑶

# 第二十章

虽然说是"微服出巡",一位皇上要出门,仍然是浩浩荡荡的。又是车,又是马,又是武将,又是随从。大家已经尽量"轻骑简装",队伍依旧十分壮观。

马车踢踢踏踏地走在风景如画的郊道上,马队踢踢踏踏地相随。

车内,乾隆、小燕子、紫薇、纪晓岚坐在里面。

车外,尔康、尔泰、永琪、福伦、鄂敏、傅恒、太医都骑马。

乾隆看着车窗外,绿野青山,平畴沃野,不禁心旷神怡。

"今天风和日丽,我们出来走走,真是对极了!怪不得小燕子一天到晚要出来,这郊外的空气,确实让人清气爽!"便高兴地喊,"小燕子!平常都是紫薇唱歌给我听，今天，你唱一首来听听！"

"皇……皇老爷！你要我唱歌啊？"小燕子一呆。

"什么黄老爷？你这丫头，才出家门，你就给我改了姓？我是艾老爷！"

"是！艾老爷，我的歌喉跟紫薇没法比呀！"

"没关系，唱！"

小燕子无奈，就唱：

"小嘛小儿郎，背着书包上学堂，不怕太阳晒，不怕风雨狂，只怕师傅说我，没有学问，无脸见爹娘！"一边唱，一边看纪晓岚。

乾隆没听过这样朴拙的儿歌，听得津津有味，看着纪晓岚直笑。

"纪师傅，这首歌，是唱出她的心声了！"

"是！我明白了！原来她也有'怕'，我只怕她'不怕'！"纪晓岚笑着说。

紫薇心情愉快，看着众人，接着小燕子的歌，用同调唱了起来：

"小嘛小姑娘，拿着作业上学堂，抬头见老鼠，低头见蟑螂，最怕要我写字，鱼家瓢虫，满纸尽荒唐！"

小燕子一听，对着紫薇就一拳捶去。

"你笑话我，太不够意思了！"

紫薇又笑又躲，乾隆没听明白，忙着追问：

"什么鱼家瓢虫？"

"上次老爷要小燕子写《礼运大同篇》，她一面写，一面问我，这个'鱼家瓢虫'，怎么笔画那么多？我伸头一看，原来是'鳏寡孤独'！"

紫薇话未说完，乾隆和纪晓岚都已放声大笑。

车外，尔康、尔泰和永琪骑马走在一起。车内的歌声笑声，不断传出来。

"他们说说唱唱，高兴得不得了！"永琪说。

"我真是心里打鼓，上上下下，乱七八糟，不知道是该喜还是该愁？"尔康接道。

"你别烦了，当然是该喜，能够笑成这样，离我的期望，是越来越近了！"尔泰高兴得很。

尔康情不自禁地望向车里，只见紫薇和小燕子手拉着手，神采飞扬，两人正兴高采烈地合唱着一首歌：

今日天气好晴朗，处处好风光！

蝴蝶儿忙，蜜蜂儿忙，小鸟儿忙着，白云
　　也忙！

马蹄践得落花香！

眼前骆驼成群过，驼铃响叮当！

这也歌唱，那也歌唱，风儿也唱着，水也
　　歌唱！

绿野茫茫天苍苍！

歌声中，金车宝马，一行人向前迤逦而行。青山绿水，似乎都被紫薇和小燕子唱活了。乾隆的脸，洋溢着欢乐。尔康、永琪和尔泰，也放下重重心事，享受起这种喜悦来。连福伦、傅恒、鄂敏这一干武将，也都绽出了笑意。

　　这天，走在半路上，乾隆一时兴起，要去爬山。那座山也不知道叫什么名字，郁郁苍苍，都是参天古木。大家从山路走下来，山下，是一条蜿蜒的小溪，岸边，绿草如茵。周围的风景，居然美得不得了。乾隆站在水边，流连忘返，忽然说：

　　"走了这么大半天，现在饿了！不知道哪儿可以弄点东西来吃吃？"

　　"现在吗？"尔康一怔，"好像一路走过来，都没看到村庄。想吃东西，只好赶快上车，我们向前赶赶路，应该离白河庄不远了！"

　　"可是，这儿的风景真好！如果弄点酒菜来，我们大家，铺一块布在地上，就这样席地而坐，以天为庐，以地为家，面对绿水青山，吃吃喝喝，岂不是太美妙了！"乾隆说，一点儿都没有离开的意思。

　　"就这么办，尔康、尔泰！你们赶快去想想办法，车上，我们带了酒，拿到附近老百姓家里去热一热，再找找看有什么可吃的。"福伦急忙交代。

　　尔康和尔泰面面相觑。

紫薇就热心地说：

"我刚刚看到附近有个农家，小燕子，我们两个去吧，要找东西吃，男人恐怕不行！他们又不知道什么好吃，什么不好吃！什么材料能做菜，什么材料不能做菜！何况，我们如果要弄东西吃，恐怕还要借锅借碗，连油盐酱醋，都不能缺少！"

"是是是！我们两个是丫头，诸位老爷就在这儿等一等，让我们去碰碰运气！"小燕子连忙点头。

"去吧！可不许空手而回！我现在酒瘾已经犯了！"纪晓岚喊。

纪晓岚此话一说，大家都纷纷叫饿。

"她们两个去，不如我们五个一起去吧！"尔康说。

于是，五人结伴，嘻嘻哈哈而去。

没多久，五个人回来了，大家手里捧着锅碗瓢盆、青菜鸡鸭，居然满载而归。

一会儿，火已经生起来了。小燕子在地上挖了个大洞，在烤两只"叫花鸡"，香气四溢。大家闻到这股香味，人人精神一振，大家陪着乾隆，坐在溪边，都是一脸的兴高采烈。

另一边，紫薇用石块架了一个炉子，用借来的菜锅，正熟练地炒着菜。尔康、尔泰、永琪都在一边帮忙，生火搬柴，忙得不亦乐乎。尔康一面帮忙，一面低声问紫薇：

"都是一些青菜，只怕皇上吃不惯，怎么办？"

"这可是无可奈何的事，能够弄来的东西，都弄来了！"永琪说。

"没关系，有鸡有鸭，已经可以了！给皇上换换口味，也不错！"紫薇笑笑。

乾隆和众人被香味引诱得垂涎欲滴。

"小燕子，可以吃了吗？你这是一道什么菜？这么香，害得我肚子里的馋虫都在大闹五脏庙了！"乾隆问。

"嘻嘻！这个菜名不能讲给老爷听！"小燕子直笑。

"别卖关子，讲！"乾隆好奇。

"这是'叫花鸡'，原来是叫花子偷了鸡，就这样烤着吃！"小燕子说。

"这个名字实在不雅！你弄什么鸡不好，怎么弄个'叫花鸡'给我吃呢？"乾隆愣了一下，虽然贵为天子，还真有那么一点忌讳。

紫薇就回头笑着说：

"其实，那个叫花鸡也有另外一个名字！只烤一只叫作'叫花鸡'，烤两只就不叫作'叫花鸡'了！"

"哦？那叫什么？"

"叫'在天愿作比翼鸟'！"

"好好好！好一个'在天愿作比翼鸟'！"乾隆一怔，大乐。

纪晓岚也忍不住笑了，不禁惊看紫薇，心想，这个丫头好聪明！说：

"居然有这么美的菜名？好像让人不忍心吃了！"

小燕子烤好了"叫花鸡"，喊着：

"烤好了！烤好了！"

小燕子用石块敲掉泥巴的壳。乾隆和大家好奇地看着，都是大开眼界。小燕子撕开了鸡，递给大家，乾隆也不考究了，跟着众人，用手撕了鸡，津津有味地吃着。

紫薇为众人斟酒，并端上小菜。

"哇！这个'在天愿作比翼鸟'确实好吃！"乾隆赞不绝口，"紫薇，你炒的这个红秆子绿叶是个什么菜，颜色挺好看！"

"这个菜名字叫'红嘴绿鹦哥'！"紫薇笑着说。

"好名字！好名字！又好吃，又好听！好一个'红嘴绿鹦哥'！"纪晓岚欢呼。

鄂敏伸头一看：

"什么'红嘴绿鹦哥'，就是菠菜而已！"

"鄂先生，在这青山绿水中吃饭，必须诗意一点！紫薇说这是'红嘴绿鹦哥'，这一定就是'红嘴绿鹦哥'！"永琪说。

"是呀！是呀！你们这些带兵的人，就是太没有想象力！"乾隆大笑。

"美味呀美味！"傅恒附和着乾隆，"从来没吃过这么好吃的东西！又是'比翼鸟'又是'鹦哥'，今天，咱们还是跟天上飞的东西有缘！"

"只要你们不吃红烧小燕子、清蒸小燕子，别的飞禽走兽，我也顾不得了！"小燕子好脾气地笑。

"又好吃，又好听，又好玩，又好看！人家吃东西，只有色香味，现在，还加了一个'听'！我这次跟老爷出来，真是有福了！"太医也起哄。

"是啊，这个紫薇丫头，真是'蕙质兰心'！"纪晓岚由衷地称赞。

"纪师傅，那我呢我呢？"小燕子邀宠地问。

"你呀？你是'有口无心'！"乾隆抢着说。

"老爷，你是'有点偏心'！"小燕子冲口而出。

众人大笑。

"小燕子有进步了！"纪晓岚说。

这时，紫薇上菜，一盘炒青菜。

"老爷，我临时做菜，这乡下地方，只能随便吃吃，这道菜味道普通，名字不错，叫'燕草如碧丝'！"

众人不禁哈哈大笑，乾隆笑得尤其高兴。

紫薇又上了一盘炒青菜。

"这是'秦桑低绿枝'！"

紫薇又上菜，还是炒青菜，上面覆盖豆腐。

"这是'漠漠水田飞白鹭'！"

紫薇再上菜，还是炒青菜，上面覆盖炒蛋。

"这是'阴阴夏木啭黄鹂'！"

乾隆大乐，一群人笑得东倒西歪。

好不容易，来了一个荤菜，是烤鸭子。

"这是什么？"乾隆问。

"这是'凤凰台上凤凰游'！"

乾隆大笑。所有的人，都跟着笑得嘻嘻哈哈。

终于，一餐饭在吃吃笑笑中结束，杯盘狼藉。大家酒足饭饱。乾隆有意跟紫薇开玩笑，指着叫花鸡的泥壳问道：

"这是什么？"

"这是……'黄鹤一去不复返'！"

乾隆抚着吃饱的肚子，笑得合不拢嘴。

"黄鹤一去不复返？哈哈！太有意思了！真的是一去不复返了！哈哈！"

纪晓岚想难紫薇一下，指着已经吃得只剩骨头的鸭子问道：

"这又是什么？"

紫薇看看鸭子骨头，再看前面的小溪：

"这是'凤去台空江自流'！"

乾隆跳起身子，大笑道：

"紫薇丫头！我服了你了！"

众人跟着跳起身，跟着大笑不已。

尔康、尔泰、永琪惊喜地互视，尔康尤其振奋，看着紫薇，对这样的紫薇，真是又敬又爱，折服不已。

这天，大家来到一个古朴的小镇。

乾隆带着众人，在古朴的街道上走着，不住地左顾右盼。

忽然，有众多群众，冲开众人，兴冲冲地往前奔跑着，七嘴八舌地喊："快去啊！快去啊！晚了，就占不到位子了。"

尔康急忙拉住一个路人，问："请问，是不是发生什么事情了？为什么这么闹哄哄的？"

"你们一定是外地来的，对吧？难怪不知道，今儿个，杜家的千金，就是咱们这城里的第一大美人，要抛绣球招亲呀！现在，全城都去凑热闹了！"

小燕子一听，兴奋莫名，拉着紫薇，就往前跑。

"快呀！快呀！我们也看热闹去！抛绣球招亲，我从来就没遇到过！"

"你别说走就走，也问问老爷，要不要去呀！"

"嗯，抛绣球招亲，这玩意我也没看过！大家看热闹去！"乾隆兴致高昂。

于是，大家都跑到那杜家的绣楼前面，来看抛绣球。

那绣楼前，早已万头攒动，热闹非凡。乾隆带着众人，也挤进人群中。尔康、尔泰、福伦、永琪、鄂敏、傅恒帮忙开路，保护着乾隆。小燕子埋着头，一直往前挤。好不容易，大家占了一个很好的位置，可以把绣楼看得清清楚楚。

小燕子一到这种场合，就比谁都兴奋，回头对永琪嘻嘻一笑，说：

　　"少爷，听说这位小姐是个大美人，你们这些公子，可不要错过机会，等会儿那个小姐抛绣球的时候，你表现好一点，只要跳起来这么一接，我想，是很容易的事，如果你接不住，我可以帮你！"

　　"你可别胡闹，这是不能开玩笑的事！那个绣球，你离它远远的，听到没有？"永琪知道小燕子没轻没重，急忙严正警告。

　　"可是，机会难逢啊，除了尔康以外，你和尔泰，都可以抢！只要那个小姐真正漂亮，我就帮你们做主！"

　　永琪和尔泰，彼此互看，都有一些忧心忡忡。

　　"我看，这是个是非之地，少爷，我们是不是退后比较好！"尔泰问永琪。

　　乾隆偏偏听到了这番对白，笑看小燕子，话中有话地问：

　　"小燕子，为什么尔康不能抢绣球？你给我解释一下！"

　　"因为……"小燕子一愣，"因为……尔康他……他心里……"

　　紫薇着急，狠狠地踩了小燕子一下。

　　尔康着急，又狠狠地撞了小燕子一下。

　　"哎哟！哎哟……"小燕子又抱脚又抱手。

乾隆正讶异间，人群一阵骚动，大家又叫又吼。原来小姐出来了。大家喊着：

"看呀！看呀！大美人出来啦！"

"好美呀！不知道今天谁有这个福气，抢到那个绣球！"

"杜家已经把礼堂都布置好了，只要有人抢到绣球，马上就拜堂成亲！"

尔康忍不住插嘴问：

"这不是太冒险了吗？"

"可是这位小姐，今年已经二十二了，就因为长得太漂亮，这个求亲也不愿意，那个也不愿意，杜老爷知道不能再耽搁了，这才用了这个法子，把这门亲事，交给老天爷去决定了！"

在议论纷纷中，那位杜家小姐，已经盈盈然地走到阳台上，两个丫头搀扶着，小姐红衣，丫头绿衣，非常抢眼。乾隆和众人定睛一看，那位小姐果然有沉鱼落雁之容，闭月羞花之貌。

观众欢呼之声雷动，纷纷跳起身子大喊，要引起杜小姐的注意。

"杜姑娘！杜小姐！杜美人！杜千金……记得把绣球抛到这边来呀！"

紫薇惊叹，说：

"真的好漂亮！"

"不及某人！"尔康说。

"对！不及某人！"永琪接上。

"对！不及某人！"尔泰也点头。

乾隆和福伦，都不由自主地看了三人一眼。

这时，有个衣服破旧、面容清瘦的少年，愁眉苦脸地在人群中乞讨："各位大爷，请赏一口饭吃！我家有卧病老母，和八十岁祖父，已经山穷水尽，走投无路！大家行行好，我齐志高感谢各位了！"

小燕子看着这少年，不禁想起自己以往的事，和紫薇对看一眼，双双解囊。那少年大喜，对小燕子和紫薇拼命作揖："谢谢两位姑娘！谢谢两位姑娘……"

阳台上一阵锣响，众人震动。大家安静下来。

杜老爷拿了绣球出来，朗声对众人说：

"各位乡亲，各位近邻，各位朋友……今天，我女杜若兰，定了抛绣球招亲！只要是没有结婚的单身男子，年龄在二十五岁以下，十八岁以上，无论是谁，抢到绣球，立刻成婚！如果拿到绣球的人，家里已有妻室，或者年龄不对，小女就要再抛一次！请已有妻室的人，年龄不合的人，不要冒昧抢绣球！现在，我们就开始了！"

群众立刻大大地骚动起来。有意抢绣球的男子，全都跳起身子，大吼大叫：

"丢给我！丢给我！这边！这边！杜小姐……请看这边……请看这边……"

大家都往前挤，群情激动。

杜小姐拿起了绣球，底下人群更是尖叫不止，个个跳起身子，跃跃欲试。

杜小姐几番迟疑，终于把眼睛一闭，绣球飞出。

绣球飘飘而来，落向小燕子附近。一群男士，急忙伸手去抢。

小燕子实在按捺不住，竟然跳起身子，将绣球一拨。绣球就直飞到永琪头上，永琪大惊，只得伸手又一拨。这次绣球飞向尔康，尔康也大惊，再一拨。绣球又飞往小燕子，小燕子玩心大起，再把它拨给永琪。永琪看到绣球又飞到自己面前来，生气了，再把绣球拨给小燕子。小燕子拨还给永琪，永琪又拨还给小燕子……两人就把那个绣球拨来拨去。

绣球被这样拨来拨去，始终未曾落定，群众大哗，惊叫不断。乾隆忍不住喊：

"小燕子，你在做什么！"

乾隆一喊，小燕子一个分心，绣球就拨歪了，竟飘向乞讨少年，少年愕然间，被球击个正着。

那少年完全出于本能，将绣球一抱，惊得跌倒在地。

群众全都围了过来，惊愕地看着少年，少年自己也惊得目瞪口呆。小燕子本来对这个少年就有好感，这时，高兴地大叫起来：

"绣球打中了这个……这个……"问少年，"你说你叫什么名字？"

"齐志高！"

"新郎是齐志高！"小燕子高叫着，"新郎是齐志高！"

尔康、尔泰急忙从地上扶起少年。

这时，杜老爷已经带着家丁们赶到，一见绣球竟被一个衣衫褴褛的乞儿抱着，大惊失色，立刻反悔，说：

"这次不算，要再抛一次！"

小燕子路见不平，拔刀相助，身子一挺：

"为什么不算？你不是亲口说的，只要家里没有老婆，年龄相合，就是新郎！"问少年，"你家里有老婆吗？你几岁？"

少年连连摇头，讷讷地说道：

"我没有娶妻，今年二十！可是……人家嫌弃我，也就算了！"连忙把绣球还给杜老爷，彬彬有礼地说，"贫门子弟，衣食无着，还说什么娶亲？绣球奉还，不敢高攀！"

杜老爷拿着绣球就要走，小燕子大怒，一拦，大声喊：

"哪有说话不算话的？人家年龄也对，又没娶亲，完全符合你的规定，你怎么不认账？你一个女儿，要抛几次绣球？许几次人家？"

杜老爷生气，大吼：

"你是哪里跑来搅局的小丫头，你管我！"

小燕子凶了回去：

"我就管你！你看不起人，抛了绣球又不算，简直犯了……犯了……"看乾隆，大喊，"犯了欺君大罪！"

杜老爷气得结巴了：

"什么……什么欺君大罪？哪里……哪里有'君'？我爱抛几次绣球，就抛几次绣球！"

大家剑拔弩张，吵得不可开交。乾隆按捺不住，往前一迈，声如洪钟地一吼：

"不许吵！听我说一句话！"

大家静了下来，傅恒、福伦、鄂敏、尔康、尔泰、永琪等人，就很有默契地挡住了杜老爷的去路。

乾隆问少年：

"齐志高，我听你说话不俗，你念过书吗？"

"从小念书，可是，百无一用是书生啊！"

"谁说的？可曾参加考试？"

"中过乡试，然后就屡战屡败了！"

"年纪这么轻，前途大有可为！不要轻易放弃。"就回头看杜老爷，郑重地说，"我今天路过这儿，碰到这件大事，闲事管定了！杜先生，你不要嫌贫爱富，我看这位齐志高，将来一定会飞黄腾达！老天已经帮你选了女婿，你就认了吧！福伦，把我的贺礼送上！"

福伦走上前去，心里琢磨了一下，就拿出两个金元宝，交给齐志高。

"这是我们老爷给你的！结婚之后，记得继续去参加考试！"

围观群众，一看到福伦出手如此之大，不禁大哗。少年和杜老爷，都目瞪口呆。杜老爷呆了半晌，才回过神来，仔细看乾隆，问道：

"这位先生，怎么称呼？"

"我姓艾。"

"艾先生，请进去奉茶！"杜老爷恭敬地说。

"我还要赶路，不坐了！既然遇到你家办喜事，算是有缘！你是不是已经决定把女儿嫁给这个齐志高了？"

杜老爷面有难色。

"这个……"

乾隆回头喊：

"纪师傅！有没有带纸笔？"

纪晓岚捧着纸笔走了过来，一笑：

"已经猜到老爷要用纸笔，带是没带，刚刚从杜家借了一份来！但是，这儿没桌子，怎么写字？"

"在我背上写！"

尔康弓起背给乾隆铺纸，乾隆提笔，一挥而就，写了"天作之合"四个大字。然后，从怀中掏出一个小印，盖了上去。

乾隆把字交给杜老爷，并俯身在他耳边耳语了两句话。

杜老爷这一惊，真是非同小可，拿着纸，双手发抖，眼睛直直地看着乾隆。

乾隆就挥手对福伦等人说：

"我们不是还要赶路吗？热闹看完了，大家走吧！"

乾隆就带着小燕子等人，全部撤走。

杜老爷双腿一软，又喜又惊地跪落地磕头。

乾隆走远，杜老爷才起身，看着乾隆等人的背影，好像做梦一样。等到乾隆等人走远了，他才低头看手中的题词，和那个"乾隆御印"的小印。蓦然间，喜不自胜，回头一把握住少年的手，几乎涕泗交流了。

"贤婿啊！你这个面子可大了！原来你是老天爷赐给我的贵人啊！你一定会飞黄腾达的！一定会！赶快去拜天地吧！"

少年愕然，更加糊涂了。杜老爷抬头对群众喜悦地大喊：

"各位乡亲，我们家马上办喜事，请各位全体来喝一杯喜酒！"

群众欢呼，掌声雷动。

这天晚上，大家投宿在客栈里。

小燕子到井边去打水，才走进院子，就被人一把拉住，拖进了一个亭子里。小燕子定睛一看，是永琪。

"小燕子，我问你，你今天把那个绣球一直往我面前拨，到底是什么意思？"永琪气呼呼，脸色非常不好。

"我是好意啊！你还不领情？那么漂亮的小姐，娶回去多好！"小燕子说。

"你知不知道我的婚姻，是要皇阿玛来指定的？"

"那又怎样，如果你被绣球打中了，皇阿玛也不能不承认！了不起，皇阿玛指的是正室，这个小姐给你做个二房也不错！等到那个杜老爷知道你的真实身份之后，就算要她做第三第四，恐怕他都巴不得呢！"

永琪气得脸红脖子粗，紧紧地盯着小燕子，从齿缝中迸出几句：

"你就这么热心，要帮我拉红线啊？你有没有想过，我心里可能有人了？"

小燕子大惊，睁大眼睛：

"有人？有谁？哪家的小姐？比这个杜家的小姐还漂亮吗？"

"是！最起码，我认为是！"

"反正我不认识，我不知道！你怎么不告诉我呢？"

"你认识她！"永琪抽了一口气。

"我认识？"小燕子惊呼，"是谁？"

"远在天边，近在眼前！"

小燕子立刻大惊失色，张口结舌，瞪着永琪，拼命摇头，说：

"不行不行！你不可以这样！你明知道紫薇心里已有人了，你不能再蹚这个浑水！人家尔康和你像兄弟一样，就算你是阿哥，也不能抢人家的心上人。那样就太没风度了！"

永琪见小燕子如此不解风情，心中着实有气，恨恨地说：

"你气死我了！"

小燕子怔住，眼睛睁得大大的，说：

"最好气死你，这个忙我一定不帮！你找我也没用！"

永琪叹气，摇了摇小燕子，说：

"怎么可能是紫薇呢？你有没有大脑？我明知道紫薇是我的妹妹啊，我对她只可能有兄妹之情，不可能有其他感情呀！你不要胡说八道了！"

小燕子呆了呆：

"对呀，那么……不是紫薇？"

"当然不是紫薇！"

"那……"小燕子寻思，"难道是金琐？"

永琪气得又甩袖子，又顿足，再也憋不住了，终于一口气说了出来：

"不是紫薇，不是金琐，不是明月，也不是彩霞！是那个一天到晚和她们在一起的人！是那个被我一箭射到，从此就让我牵肠挂肚的人！是那个不解风情，拼命帮我拉红线的人！现在，你懂了没有？难道，这么久的日子以来，你一点感觉都没有吗？"

小燕子这一下明白了，惊得连退了两步，脸色由红转白，又由白转红。

"可是……可是……"她张口结舌，"为什么？你把我弄糊涂了！你说的是我吗？"

"你认为我除了你，还用箭射到过多少只小燕子？"永琪气极地问。

小燕子退后，一屁股坐在凳子上，手肘撑在石桌上，托着下巴，发起呆来。永琪看到她这种样子，实在泄气，实在失望，说：

"原来……我一直在自作多情？你从来没有想过我？是不是？"

小燕子眨巴着大眼睛，看着他：

"可是……你是我的哥哥啊！"

"是吗？真的是吗？那么紫薇是什么呢？我哪里跑来这么多妹妹？"

小燕子突然显得扭捏和羞涩起来，可怜兮兮地问：

"可以……算是'不是'吗？"

"本来就不是呀！"

"可我……可我……从来不敢这样想……"小燕子结结巴巴。

"如果可以这样想呢？"永琪兴奋起来。

"我不知道，我真的不知道……"小燕子眼睛闪亮如秋水、如寒星，神情迷惘如梦，"我要好好地想一想，我现在好糊涂、好混乱……"

小燕子这种神情，这种眼光，让永琪心动得快发疯了。他就一步上前，抓住她的双臂，把她从凳子上拉了起来，摇着她，热烈地、请求地说：

"从今天起，答应我好好地想一想，用另外一个身份和角度来想！紫薇可以对尔康怎样，你就可以对我怎样，虽然未来的事还得努力，我们自己总该认清自己！等你和紫薇各归各位，你就不是现在的身份了！你这个身份是假的，而我的感情是真的！"

小燕子盯着永琪，心里还是迷迷糊糊的、惊愕困惑的。只是，永琪这种语气、这种神情，却让她深深感动了。

这天晚上，小燕子破天荒第一次，竟然失眠了。整个晚上，她又捶床，又叹气，嘴里喃喃自语，不知所云，搅和得紫薇也睡不着。紫薇对永琪的心事，早已体会，现在，看到小燕子的神情，就猜到两人已经摊牌了。

"你坦白告诉我，"她抓住小燕子，"那个'少爷'对你说了什么？你是不是动心了？我有点糊涂，一直以为，你像个男孩子一样，和所有的人都是'兄弟'，难道，你也动心了？那个'少爷'，不是你的'兄弟'了？"

"我跟你说实话，在今晚以前，我真的把他看成'兄弟'！"小燕子坦白地说。

"今晚以后呢？"紫薇立即追问。

小燕子脸红红的，眼睛水汪汪的，一股迷糊状，说：

"现在，我就是皇阿玛讲的那句话，'化力气为糨糊'了！我想也想不清楚，满脑子糨糊，给五阿哥搞得昏头昏脑！"她又捶床，又叹气，寻思，回想，神情如醉，"我真的不明白，他怎么会喜欢我呢？我什么都不会，连字都不认识几个，每次都要他来给我解围，诗词歌赋，一样都不会！他见过那么多有水准的女人，他的武功那么好，他的书也念得那么好，怎么会喜欢我呢？他一定是犯糊涂，胡说八道啦！不能认真的！我才不要去相信他！"

紫薇见小燕子这种神情，心中了然，一喜：

"哈！小妮子春心动矣！终于开窍了！"

小燕子再捶床：

"什么动不动？我才不要心动，心动好麻烦！我亲眼看到你和尔康，担心这个，担心那个，一下子高兴得要死，一下子又愁得要命，疯疯癫癫的，我才不要像你们这样！"忽然盯着紫薇，小小声地问，"你说，五阿哥会不会拿我开玩笑？他真的会喜欢我吗？不是犯糊涂吗？"

紫薇看着小燕子出神，半晌不语。

"你发什么呆？你说话啊！"

"现在，我才恍然大悟，为什么五阿哥跟尔康一样热心，要让我们两个各归各位！原来，这个'兄妹'关系，是他的大问题！想来，他一定经过一番痛苦的挣扎，你还说他是犯糊涂！碰到你，是他倒霉，倒是真的！你害死他了，这些日子来，他为你操的心，绝对不会少于尔康！但是，尔康比他还幸福一点，因为我有回报。你呢？却在那儿给他'乱抛绣球'！怪不得他今天气得脸色发白！"

小燕子睁大眼睛看了紫薇好一会儿，坐起身子来，又"砰"地倒回床上去。

"我就说，不能心动嘛！被你这样一说，好像我很对不起他似的，我'已经'觉得自己欠了他了，烦死了！怎么办吗！"

小燕子一脸的烦恼，却又一脸的陶醉。

紫薇看在眼里，会心地笑了。

"天啊！"她低低地说，"我们这么复杂的局面，这么复杂的故事，等到真相大白的那一天，不知道皇上会不会被我们吓得晕过去？"

# 第二十一章

这天，大队人马走进了一条山路。天气忽然阴暗下来，接着，雷声大作，大雨倾盆而下。乾隆的马车，陷进泥淖。马儿拼命拖车，车子却动弹不得。

众人围着车子，无可奈何。

尔康掀起门帘，对里面喊：

"老爷，恐怕你们要下车，让我们把车子推出来！"

乾隆、紫薇、小燕子都下车。

福伦和纪晓岚连忙用伞遮住乾隆。

雨点稀里哗啦地下着。乾隆放眼一看，四周没有躲雨的地方。紫薇和小燕子，几乎立刻淋湿了，就问福伦：

"还有伞吗？"

"这真是一个大疏忽，就带了两把伞！"福伦歉然地说。

乾隆一听，就大喊：

"紫薇，小燕子，你们两个过来！到伞底下来，不要淋湿了！"

"我没有关系，我去帮他们推车！"小燕子嚷着。

永琪、尔康、尔泰、鄂敏都淋得透湿，在奋力推车，傅恒和太医在前面控马，大家都狼狈极了。小燕子奔来，加入大家推车，嘴里吆喝着：

"来！一、二、三！用力！"

永琪看到小燕子浑身是水，心痛地喊：

"你不要来凑热闹了！去伞底下躲一躲！"

"我才不要，我要帮忙！来！大家用力！"

"一二三！起来！"大家大叫。

车子仍然不动。

雷电交加，马儿受惊，不肯出力了。一个雷响，马儿就昂头狂嘶不已。

紫薇站在乾隆身边，已经浑身是水。乾隆手里的伞，一直去遮紫薇，自己竟然淋在大雨中。他心痛地说：

"你过来，女儿家，身子单薄，不比男人，淋点雨没有关系！过来！过来！"

紫薇看到乾隆给她遮雨，自己淋湿，又惊又喜。忙接过乾隆手里的伞，完全罩着乾隆，喊着说：

"老爷，您不要管我了，反正我已经湿透了！您是万乘之尊，绝对不能有丝毫闪失，您别淋到雨，就是您对我的仁慈了！"

纪晓岚和福伦，见到乾隆如此，急忙用另一把伞遮着紫薇，让自己淋在大雨里。

"老爷，你别管紫薇丫头了，我来照顾她！"纪晓岚说。

"是呀，是呀，我们来照顾她！"福伦接口。

紫薇见福伦淋雨，大惊。哪敢让福伦和纪晓岚来给自己遮雨。手里的伞，又去遮福伦和纪晓岚。

"拜托两位大人，不要折我的寿，好不好？我是丫头呀！"

大家遮来遮去，结果是人人湿透。

紫薇见乾隆执意遮着自己，一急，就把伞往乾隆手里一塞，喊着说：

"我帮他们去！"

乾隆急喊：

"紫薇！紫薇！"

紫薇已经跑到马车前面去了。

紫薇没有加入推车的行列，却奔到马儿身旁，对傅恒笑着说：

"这马儿不肯出力，让我来开导开导它！"就对着马耳朵，不知道说些什么，说完一匹，又去跟另一匹咬耳朵。

傅恒和太医，惊奇地看着紫薇。

这天晚上，乾隆发烧了。幸好太医随行，立刻诊治，安慰大家说：

"只是受了凉，没有大碍，大家不必担心！还好从家里带了御寒的药，我这就拿到厨房去煎，马上服下，发了汗，退了烧，就没事了！"

乾隆裹着一床毯子，坐在一张躺椅中，虽然发烧，心情和精神都很好。

"我看，你干脆叫厨房里熬一大锅姜汤，让每个人都喝一碗，免得再有人受凉！尤其两个丫头，不要疏忽了！"乾隆叮嘱太医。

"是！我这就去！"太医说，急急地走了。

永琪关心地看着乾隆：

"阿玛，你还有哪儿不舒服，一定要说，不要忍着！"

"是啊！是啊！好在太医跟了来，药材也都带了！"福伦说。

乾隆抬眼，看到大家围绕着自己，就挥挥手说：

"你们不要小题大做，身子是我自己的，我心里有数，什么事情都没有！你们下去吧！该做什么事，就做什么事，别都杵在这儿！让……紫薇和小燕子陪我说说话，就好了！大家都去吧！"

"如果你要叫人，我和尔泰就在隔壁！"尔康说。

"这一层楼，我们都包了，有任何需要，尽管叫我们！"傅恒说。

"去吧！去吧！别把我当成老弱残兵，那我可受不了！别啰唆了！"乾隆说。

纪晓岚便非常善体人意地说：

"紫薇丫头，你好好侍候着！"

"是！你们大家放心！"

尔康听纪晓岚那句话，直觉有点刺耳，不禁深深地看了一眼。

紫薇全心都在乾隆身上，根本浑然不觉。

众人都躬身行礼，退出房间。房里，剩下乾隆、紫薇和小燕子。紫薇就走到水盆前，绞了帕子，拿过来压在乾隆额上。

"把额头冰一冰，会舒服一点！"

小燕子端了茶过来，拼命吹气，吹凉了，送到乾隆唇边去。

"还好，紫薇想得周到，带了您最爱喝的茶叶！来，您喝喝看，会不会太烫？"

乾隆接过茶，喝了一口。紫薇又拿了一个靠垫过来，扶起乾隆的身子，说：

"我给您腰上垫个靠垫，起来一下！"

乾隆让紫薇垫了靠垫。小燕子又端了一盘水果过来。

"您爱吃梨，这个蜜梨好甜，我来削！"

"我来！我来！"紫薇抢着说。

"那，我来换帕子！"小燕子就去换乾隆额上的帕子。

乾隆左看右看，一对花一般的姑娘，诚诚恳恳地侍候着自己，绕在他身边，跑来跑去，嘴里你一句、我一句，有问有答的。他竟有一种不真实的幸福感。他凝视二人，越看越迷糊，越看越困惑。

"你们两个，到底是从哪儿来的？"他忽然问。

小燕子和紫薇双双一怔。

"老爷，您这句话是什么意思？"小燕子有点惊慌。

紫薇停止削梨，盈盈大眼，惊疑地看着乾隆。

"不要怕！"乾隆温柔极了，"我没有别的意思，我只是很感谢上苍，把你们两个，赐给了我！我觉得好幸福，好温馨。这种感觉，是我一生都没有感觉过的！我真的非常非常珍惜！"

紫薇和小燕子，双双震动着。

药熬好了，小燕子和紫薇，就端着药碗，要喂乾隆吃药，一个拼命吹，一个拿着汤匙喂。乾隆看这两个丫头，把自己当成小孩一样，不禁失笑，伸手去拿碗，说：

"你们不要把我当成害了重病，好不好，我自己来！"

紫薇微笑，吹气如兰：

"老爷，有事丫头服其劳！您就让我们侍候侍候吧！您有幸福的感觉，我们也有啊！何不让这种感觉多延续一下？"

乾隆眩惑了，看着紫薇，默然不语，便由着她们两个，喂汤喂药。

没多久，乾隆迷迷糊糊地睡着了。

夜色已深，小燕子早就支撑不住，靠在一张椅子里，也睡着了。

只有紫薇，仍然清醒得很。看着熟睡的乾隆，她思潮起伏，激动不已。这是她的亲爹啊！是她梦寐以求的情景啊！这个"爹"，离她那么近，对她那么好，她却不能喊一声爹！她凝视乾隆，把乾隆的被子拉严，伸手抚摸乾隆的额，发现乾隆在出汗，就掏出手帕，细心地拭去乾隆额上的汗珠。

乾隆在做梦。梦里，雨荷对他缓缓走来，大眼中盈盈含泪。梦里，雨荷在说：

"请不要走，我不舍得你走！我很怕今日一别，后会无期啊！"

乾隆不安地蠕动着身子，紫薇忙碌的手，不住拭去他额上的汗，不住换帕子。

梦里的乾隆，看着梦里的雨荷。雨荷在说：

"我不敢要求你的爱，是天长地久，我只能告诉你，我的爱，是永远永远不会终止的！就怕皇上的爱，只是蜻蜓点水，而我，变成一生的等待！"

乾隆呓语，模糊不清。

紫薇有点着急，双手更加忙碌地为他拭汗，为他冷敷。

乾隆仍然在做梦，梦里的雨荷在说：

"记住几句话：'君当作磐石，妾当作蒲苇。蒲苇纫如丝，磐石无转移'！"

梦中的雨荷幽幽怨怨，转身而去。乾隆惊喊而醒：

"雨荷！雨荷！"

乾隆陡然坐起身子，接触到紫薇惊怔的双眸。迷糊中，紫薇和雨荷，叠而为一。

乾隆一伸手，紧紧握住了紫薇正为他拭汗的手。

两人瞠然对视，紫薇听到乾隆喊着母亲的名字，陷入极大的震撼中。乾隆惊见紫薇殷勤照顾，疑梦疑真。

"我做梦了，是不是？"乾隆怔忡地问。

紫薇点点头，颤声地答：

"您在叫'雨荷'！"

乾隆一眨也不眨地凝视紫薇。

"你也知道雨荷！"

"是！知道雨荷的每一件事！知道老爷的诗！"就轻轻地念，"雨后荷花承恩露，满城春色映朝阳。大明湖上风光好，泰岳峰高圣泽长。"念完，心中激动，口中难言，一滴泪就滑落面颊，滴在乾隆手背上。

这滴眼泪震动了乾隆，他整个人一跳，看着紫薇的眼神，更加深邃了。

"你怎么会知道这首诗？"转念一想，明白了，"哦，是小燕子告诉你的！"

紫薇低头不语。

乾隆再看了她好一会儿，沉吟而困惑地说：

"好奇怪，总觉得跟你很熟悉似的，好像老早就认识，中国自古就有成语'似曾相识'，想必，这是人与人之间常有的一种感觉吧！"就柔声说，"紫薇，我从来没有问过你，你家乡在哪儿？"

"我和小燕子是同乡，家在济南大明湖边！"紫薇清晰地回答。

"你和她是同乡？难道你见过雨荷？"乾隆惊愕。

"是！她是我的干娘！"

乾隆大惊，愕然半晌：

"我不懂。难道你和小燕子认识已久？"

"我和小燕子是缘分，是知己，是姐妹！大概从上辈子开始，就已经认识了！"

乾隆惊看紫薇，一肚子疑惑，却不知哪儿不对劲。正要再仔细盘问，熟睡的小燕子忽然从椅子上滚落地，嘴里在说梦话：

"小贼！看你往哪里跑？你给我滚回来……"这一摔，就摔醒了，坐在地上发愣，"我在哪里？"

紫薇急忙奔过去，把她扶起来。

"怎么回事？睡着了还会滚到地上来？做梦都在跟人打架吗？"

小燕子看到乾隆，这才一个惊跳，站起身，跑到乾隆面前问：

"老爷，你好一点没有？我怎么睡着了呢？"就伸手摸摸乾隆的前额，喜悦地喊，"你不烧了！"

　　紫薇那几乎要脱口而出的秘密，就这样被打断了。紫薇看着乾隆，笑着说：

　　"老爷，你到床上好好地躺一躺吧！烧已完全退了，也不出汗了，我想，再休息两天，就可以上路了！"

　　乾隆看着面前的一对璧人，神思恍惚。小燕子伸手去扶乾隆：

　　"我们扶你到床上去！"

　　乾隆起身，小燕子和紫薇，一边一个扶着他。

　　"你们把我当成什么了！"乾隆说。

　　"把你当成'爹'啊！"小燕子答。

　　紫薇就看着乾隆，大胆地说：

　　"是啊！我知道没有资格，但是，我好想跟小燕子说同样一句话！"

　　乾隆一震，看紫薇。紫薇眼中，闪耀着渴盼和千言万语，这样的眼光，使乾隆整个人都怔住了，更加迷糊起来。

　　乾隆休息了两天，身体就康复了。车车马马，大家又上了路。

　　这天，大家到了一个村庄，正好赶上"赶集"的日子，广场上，热闹得不得了。各种日用商品、布匹、牲口、杂货应有尽有，小贩们此起彼落地叫卖着。各种小吃摊子，卖糖葫芦的，捏泥人的，卖馄饨的，卖煎饼的……也应有尽有。

乾隆等一行人走了过来。乾隆看到国泰民安，大家有的卖、有的买，热闹非凡，心里觉得颇为安慰。东看看，西看看，什么都好奇。

忽然，大家看到了个年约十七八岁、长得相当标致、浑身缟素的姑娘，跪在一张白纸前。许多群众，围在前面观看。小燕子和紫薇已经挤了进去。紫薇看着那张纸，纸上写着："卖身葬父"。紫薇不禁念着内容：

"小女子采莲，要赴京寻亲，经过此地，不料老父病重，所有盘缠，全部用尽，老父仍然撒手西去。采莲举目无亲，身无分文，只得卖身葬父。如有仁人君子，慷慨解囊，安葬老父。采莲愿终身为奴，以为报答！"

小燕子站在采莲前面，看着那张状子，拉了拉紫薇，悄悄低问：

"这个画面，有没有一点熟悉？你看那个采莲，会不会是个骗子？"

紫薇也低声说：

"如果是，你要怎样？如果不是，你又怎样？"

小燕子嘻嘻一笑，低声说：

"如果是真的'卖身葬父'，我当然要给钱呀，总不能让她把自己卖了。如果是假的，我当然更得给钱了，因为是'同行'嘛！"

两人正低声议论，忽然一阵喧嚣，来了几个面目狰狞、服装不整的恶霸。其中一个，长得又粗又壮，满脸横肉，满嘴酒气，一窜就窜到采莲面前，伸手一把拉起了她，大吼着说：

"卖什么身？老子昨儿个就给了你钱，已经把你买了！你是我的人了，怎么还跑到这儿来卖身？跟我走！"

采莲死命抵挡，哀声大叫：

"不是不是！我没有拿你的钱！我一毛钱也没有拿，我爹还躺在庙里，没有下葬呀！我不跟你去，我不是你的人，我宁愿死，也不要卖给你……我不要！"

"混蛋！"那恶霸"啪"的一声，就给了采莲一个耳光：

"你不卖给我，我也买定了你！"

其他恶霸，就喊声震天地嚷着：

"是啊！是啊！我们都看见的，你收了张家少爷的钱，还想赖！把她拖走，别跟她客气……"

小燕子怎么受得了这个，身子一窜，飞身出去了。

"呔！放下那位姑娘！"

那恶霸出口就骂：

"放你娘的狗臭屁！"

恶霸话才说完，"啪"的一声，居然脸上挨了一个大耳光。定睛一看，永琪不知道怎么就飞身过来，满脸怒容地站在他面前，疾言厉色地大骂：

"嘴里这样不干不净，分明就是一个流氓！人家姑娘已经走投无路，你们居然趁火打劫，太可恶了！"就大吼一声，"放下那位姑娘！"

那恶霸勃然大怒。

"哪里来的王八蛋，敢在太岁头上动土！"说着，挥手就打。

其他恶霸一见，全部聚拢，挥拳踢脚，大打出手。小燕子嘴里喊叫连连，对着那群恶霸乱打一气：

"看掌！看刀！看我的连环踢！小贼！别跑……"

福伦叹了口大气，无奈地喊：

"尔康！尔泰！照顾着他们！"

尔康、尔泰早已飞进场中去了，一场恶斗，就此开始。那群恶霸怎么经得起尔康等三人联手，没有几下，已经哼哼唉唉，脸上青一块、紫一块，都趴下了。

小燕子拍拍手，挥挥衣袖，好生得意。

"过瘾！过瘾！"对地下的恶霸们喊，"还有谁不服气？再来打！"

一个恶霸躺在地上哼哼，对小燕子恨恨地说：

"你打你老子，当心我跟你算账……"

一句后没有说完，尔康踹起一块泥团，不偏不倚地射进恶霸的嘴里，大声问：

"还有谁要说话？"

恶霸们没有一个敢说话了。

福伦就急忙说：

"我们走吧！这样一路打打闹闹，恐怕太招摇了！小燕子，你也得收敛一点！"

"那可没办法，路见不平，总得拔刀相助啊！"小燕子说。

"好了！打完了，大家走吧！"乾隆说。

大家便往前走去。走了一段，永琪一回头，发现采莲痴痴地跟在后面。

"等一下！我们只顾得打架，把她给疏忽了！"就停步，看着采莲，"你爹在哪儿？"

采莲看着永琪，眼中闪着崇拜与感激，走过来，倒身就拜。

"我爹就停放在那边的一间破庙里！"指了指远处的山边。

永琪掏出一锭银子，交给采莲。

"快去葬了你爹，剩下的钱，用来进京，找你的亲人吧！"

采莲收了银锭子，泪流下来，对永琪磕了一个头。

"少爷，那……我是你的人了！"

"不是不是！我不是要买你，只是要帮你！你快去葬你爹吧！"永琪挥挥手。

"可是……可是……我怎么办呢？那些人，我很怕啊！他们一直缠着我，一直欺负我……"采莲抽抽噎噎地说。

"这样恐怕不行，那几个恶霸还会找她麻烦的！等下爹没葬成，说不定连银子都给人抢了去！"尔康说。

"是啊！你们要帮人家忙，就干脆帮到底！要不然，我们走了，她还是羊入虎口！"尔泰也点头。

"怎么帮到底？难道还要帮她葬父吗？"福伦问。

小燕子豪气地一甩头：

"好吧！就帮她葬父吧！"

福伦摇头。纪晓岚和众大臣都摇头。只有乾隆，一笑说道：

"看样子，我们又得找个客栈，住上一晚！"

采莲的爹入了土，帮忙已经帮完了。

大家继续行程，行行复行行。

大队人马，走了好长一段路，永琪一回头，忽然发现后面有个人，跌跌撞撞、蹒蹒跚跚地追着队伍。永琪定睛一看，竟是采莲！永琪不禁一怔，一拉马缰，奔到采莲面前，问：

"采莲，你是怎么回事？我不是跟你说清楚了吗？你应该继续上路，到北京去找你的亲人，不要再跟着我们了！"

采莲可怜兮兮地看着永琪：

"可是……我是你的人了！你买了我！"

"不是！不是！我没有买你，只是帮你！我家里丫头一大堆，真的不需要人，你别跟来了，回头走吧！"

采莲低头不语。

永琪一看，才发现采莲穿着一双鞋底早已磨破的鞋子。由于追车追马，脚趾都已走破，正在流血。永琪抽了一口冷气，无奈而同情，说：

"算了，先到我马背上来，我们到了前面一站，我再来安排你怎么去北京！"

永琪便伸手一捞，把采莲捞上马背。采莲又惊又喜，坐在永琪身前，两人回到队伍里，尔泰吃了一惊，问：

"你怎么把她带来了？"

"到前面一站再说！"

小燕子坐在马车里，一直伸头望着窗外，这一幕，就全部落在小燕子眼里。

到了下一站，永琪发现，跟采莲说不清楚了。那个姑娘，一直睁着一对泪汪汪的大眼睛，痴痴地看着他，一副"抵死相从"的样子。无论永琪跟她说什么，她都是一厢情愿地、低低地、固执地说：

"我是你的人了，你已经买了我，我不会吃多少粮食，我要侍候你！"

永琪忍耐地解释：

"我跟你说，我真的不能带着你走！我们是出来办事的，带着你非常不方便！到了这儿，你就自己管自己了！"掏出钱袋，"喂，这都给你！拿去买双鞋，买些衣服，雇一辆车，自己去北京，或者回你的家乡去，知道吗？"

小燕子走了过来，没好气地插口：

"少爷，我看你就把人家带着吧！最起码，在路上骑个马，有人说说笑笑，也解个闷！"

尔泰听出小燕子的醋意，便唯恐天下不乱地笑着说：

"是啊！一路上，我看你跟采莲姑娘谈得挺投机，人家现在无家可归，你就好人做到底吧！"

大家这样一说，采莲更是对着永琪，一个劲儿地拜拜。

"我不会给您找麻烦，我什么事都为您做！请您不要打发我走！"

永琪好无奈，好不忍，回头看紫薇，求救地看，说：

"你给她找双鞋！她的脚磨破了，所以不能走路，我才带她骑马！"

永琪这句话，原是向小燕子解释，为什么会并骑一马，谁知，小燕子听了更怒，一扭身，就走掉了。紫薇赶紧给永琪使眼色，永琪才急忙追去。

小燕子跑到一座小桥上，气呼呼地东张西望。

永琪急急奔来，问：

"你在生我的气吗？"

"奇怪，谁说我生气？"小燕子不看他，掉头去看另一边。

"那……你在这儿干什么？"

"看风景！"小燕子说得好大声。

永琪一怔。

"等会儿老爷一定会到处找你，你不进去侍候着，跑到这儿来看风景？"

小燕子更大声了：

"老爷要人侍候，你不是已经买了一个丫头了，叫她去侍候！难道我是生来的奴才命，就该给你们喊来喊去、做这做那！你又没给我钱，没买了我！我干什么一天到晚等在那儿，等你们差遣！"

永琪毕竟当惯了阿哥，从未被人这样冲撞过，一时间，声音也大了起来：

"你真是莫名其妙！那个采莲，是你路见不平，拔刀相助！是你要管人家的闲事，帮人打架，帮人家葬父！现在，你生什么气？难道她的脚流着血，一跛一跛地跟在我们后面追车追马，我们就该视而不见吗？你的同情心就那么一点点？我还以为你真的是女侠客呢！"

小燕子一听，怒不可遏：

"我不是女侠客，好不好？我从来就没说过我是什么女侠客！你受不了人家追车追马，受不了人家的脚流血，你还不去照顾她，跑到这儿来干什么？你走！你走！"

"你这个样子，我会以为你在吃醋！"永琪盯着她看。

小燕子勃然大怒，顿时柳眉倒竖，杏眼圆睁，大喊：

"做你的春秋大梦！你以为你是'少爷'，每个人都会追在你后面，苦苦哀求你收留？你把我看得那么扁，让我告诉你，你在我心里根本不是什么！"

永琪一震，倒退一步，气得脸色雪白。

"你是一个蛮不讲理、没有原则、没有感觉、没有思想的女人，算我白白认识了你！"

这几句话未免说得太重了，小燕子眼圈一红，跺脚大喊：

"你滚！我再也不要理你！我没思想，没深度，没学问……可我也没招惹过你！你走！你也不要再来招惹我……"

"我可没说你没深度，没学问……"

"你说了！你说了！你就是这个意思！"小燕子跋扈地喊，弯腰拾起一块石头，就对永琪砸过去。

永琪大怒，说了一句：

"简直不可理喻！"掉头就走了。

剩下小燕子，呆呆地站在桥上，气得脸红脖子粗。

这个采莲，就这样跟着队伍，跟了整整三天。

小燕子憋着气，也整整憋了三天。

第三天黄昏，大家停在客栈前面，卸车的卸车，卸马的卸马。永琪看着小燕子，两人已经三天没有说话了，他实在憋不住了，看到乾隆等人进了客栈，门口就剩下他们年轻的几个人，就走过来说：

"讲和了，好不好？那天，我害了'刺猬'病，偏偏胡大夫说，这个病无药可治，只能让它自己好。现在，病状已经减轻，你是不是也可以停止生气了？还有，那个采莲……要跟你告辞了，她在这儿，转道去北京……"

永琪话还没有说完，小燕子忽然跳上一匹马背，对着城外，疾驰而去。

紫薇大惊失色，大喊：

"小燕子！你干什么？你不会骑马呀！回来！回来呀！"

尔康急推了永琪一把。

永琪便跃上一匹马，疾追而去。

小燕子骑着马飞驰。

在她身后，永琪策马追来。

两人一前一后，奔进草原。永琪一面追，一面喊：

"小燕子！不要这样嘛！你又不会骑马，这样很危险呀！要发脾气，你就叫一顿，喊一顿，骂骂人，打一架……什么都可以！不要这样拿自己开玩笑，你赶快停下来呀！"

小燕子没有想到马儿那么难以控制，跑起来又飞快，在马背上摇摇欲坠，却已经欲罢不能。她吓得花容失色，缰绳也掉了，她拼命去捞缰绳，捞得东倒西歪。永琪追在后面，看得心惊肉跳，喊着：

"不要管那个马缰绳了！你抓着马脖子……抱着马脖子……"

小燕子偏不听他，伸手一捞，居然给她捞着了缰绳，身子差点坠马。

"天啊……"永琪惊叫。

小燕子拉着缰绳，骑得危危险险，还不忘记回头吵架，大喊：

"你跟着我干什么？你走！你走！你不要管我！我危不危险，是我的事！"就拍着马喊，"驾！马儿！快跑！快跑……"

马儿疾冲向前，小燕子一个颠簸，又差点坠马。永琪急死了，拼命催马向前，大喊大叫地教她：

"你抓紧马缰，不要放手，身子低一点，伏在马背上，你的脚没有踩到马镫，这样太危险了。试试看去踩马镫……"

"不要你教我，不要你管！"小燕子喊，拼命去扯缰绳，马儿被拉得昂首长嘶，小燕子差点掉下马背。

"天啊！"永琪急喊，"你放轻松一点，不要去夹马肚子……"

"我就不要听你！谁要你来教……"

小燕子一面说，一面对着马肚子狠狠一夹。那匹马，就像箭一般射出。小燕子再也支撑不住，翻身落马……

同时间，永琪已经从马背上飞跃而出，伸长了手，要接住她。但是，他毕竟晚了一步，小燕子已经重重落地，正好落在一个斜坡上。她就骨碌骨碌地滚了下去。

永琪扑了过去，一把抱住小燕子，两人连续几个翻滚，滚了半天才止住。

小燕子气喘吁吁的，惊魂未定，睁着大大的眼睛，看着永琪。

永琪紧紧地抱着她，也是惊魂未定，也睁着大大的眼睛，看着小燕子。

小燕子突然惊觉，大怒地跳起身，喊：

"你不要碰我，你离我远一点……哎哟！"小燕子腿上一阵剧痛，站不稳，跌落地，伸手抱着自己的右脚。

永琪急扑过来，不由分说，就翻起她右脚的裤管，只见裤子已经撕破，血正流了出来。永琪一看到小燕子流血，心中重重地一抽，心痛得无以复加。

"你快动一动，看看骨头有没有伤到？"

小燕子推着他：

"你走开，不要管我！我已经发过誓，再也不跟你说话了！"

永琪四顾无人，就什么都不管了，把她紧紧一抱。

"已经摔成这样，还要跟我怄气！怄什么气呢？我心里只有你一个，为了你，整天心神不定，把全世界的人都得罪了……那个采莲，在我心里怎么会有一分一毫的地位呢？什么王公之女，什么天仙佳人，都赶不上你的一点一滴啊！"

小燕子想挣开他，奈何他抱得紧紧的。小燕子就委委屈屈地说：

"我没学问，没思想，没才华，没深度，没这个，没那个，我什么都没有，我什么都不是……"

永琪注视着她飞快嚅动的唇，再也控制不住，飞快地吻住了她。

小燕子大震，呆住了，一阵意乱神迷，天旋地转，半天，都不能动弹。好一会儿，她才忽然惊觉，就大力地推开永琪，跳了起来，单脚跳着。

"你干什么？你还欺负我？"

永琪追过去扶住她。

"我不是欺负你，我是欺负我自己！求求你，赶快坐下来，让我看看伤口怎样了？难道你要让自己流血流到死掉吗？"

小燕子心中一酸，落泪了：

"是！死掉算了！"

"我陪你死！"

"现在说得好听，一转眼，就摆出阿哥的架子了！"

永琪把她的身子按下，让她坐在草地上，俯头看看她的腿，伸手撕下自己衣襟的下摆，去扎住伤口。

"我先给你止血！还好胡太医跟来了，回去之后，就说你练骑马，摔了！知道吗？"

"不知道！"

永琪怜惜地看她，叹口大气，一边包扎，一边说：

"是我错了，好不好，你原谅我，这是我第一次了解男女之情，一旦动心，竟然像江海大浪，波涛汹涌，不能控制！以至于我的很多行为，都失常了！你会吃醋，证明你心里有我，我应该高兴才是，怎样都不应该和你发脾气！你说对了，我从小是阿哥，已经习惯了，难免会把'阿哥'的架子端出来，以后不敢了！你给了我定心丸吃，我还乱闹一阵，故意去气你，是我糊涂了！"

　　小燕子见永琪低声下气，心已经软了，听到后来，又抗议了：

　　"什么定心丸？我哪有给你定心丸吃！"

　　"是，没吃！没吃！现在，我们赶快回去吧！"凝视她，"动一动你的腿给我看！我真的很担心！"

　　小燕子动了动，痛得龇牙咧嘴。

　　"还好！没伤到骨头！但是……伤到了我的心，好痛！"

　　"是人家的脚指头让你好痛吧！别在这儿装模作样了！"

　　永琪伸出手掌给她。

　　"给你打，好不好？"

　　小燕子"啪"的一声，就给了他狠狠的一记。永琪摔着手，惊讶地说：

　　"你的手劲怎么那么大？真打？"

　　小燕子闪动睫毛，落下两滴泪，永琪一看她哭了，心慌意乱。

"小燕子，不要哭，是我的错！你一掉眼泪，我心都揪起来了，我真的心慌意乱，不知道该怎么办了！"

小燕子用衣袖擦掉眼泪，把头在永琪肩上靠了一靠。

"以后不可以凶我！不可以说我'什么都不是'！"泪又落下来。

"是！我们彼此彼此，好不好？"永琪手忙脚乱地帮她拭泪。

"什么'扑哧扑哧'，还'呼噜呼噜'呢！"小燕子听不懂。

永琪忍不住"扑哧"一笑，小燕子也就"扑哧"一笑。

"原来是这样'扑哧扑哧'！"小燕子自言自语。

两人就相视而笑了。

采莲，当天就被尔康派人送去北京了。

这段"采莲插曲"，总算过去了。没有惊动乾隆和长辈。只是，从这次以后，小燕子就多了一份女性的娇羞，比以前显得更加动人了。而五个年轻人之间，有更多的"目语"、更多的"默契"、更多的"秘密"了。

# 第二十二章

　　和乾隆"微服出巡"，实在是小燕子进宫以后最快乐的一件事，也是紫薇进宫以后，最接近乾隆的一段日子。两个女孩子，忙得不得了，要照顾乾隆，要找机会说出秘密，要和三个臭皮匠随时商量大计，还要闹闹恋爱、吵吵架。这一路，真是非常热闹。小燕子平均每三天就要跟人打一架，她每次一出手，永琪就只好出手，生怕她吃亏。永琪一出手，福家两兄弟就不能不出手，忙着保护这一个格格、一个皇子。乾隆虽然也告诫小燕子，不要太冲动，这样一路打打闹闹，要不引人注目，都不容易。但是，小燕子对乾隆振振有词地说：

　　"看到那些坏蛋欺负好人，我怎么可以装作看不见呢？没办法呀！如果老爷您也装成看不见，那……您就成了……成了……"她压低声音，嘻嘻一笑，"昏君啦！"

乾隆瞪眼，拿这个小燕子一点办法都没有。

他们一路打抱不平，走得奇慢无比。好在乾隆也只是出门散散心，旅行是真的，出巡是说得好听，所以也不匆忙。这一路，有个刁钻的小燕子，有个可人的俏紫薇，他真的享受到从来没有享受到的温馨和幸福。如果不是一件突如其来的大事，结束了这段旅行，他说不定会东西南北，一路"出巡"下去。

这天，走到冀州境内，正好赶上当地的庙会。大家早已有了默契，有热闹的地方，不能放过！所以，一行人就全体来到庙前。

庙会，永远是最热闹的。有人在卖东西，有人摆地摊，有人卖膏药，有人卖艺。各种小吃摊子，各种小点心，更是应有尽有。冀州的老百姓大概全城出动，庙里，香火鼎盛；庙外，人潮涌来。

小燕子在人群中挤来挤去，兴高采烈地东张西望，永琪紧紧张张地跟在她身边。

"小燕子，你的腿还有伤，不要再向前挤了！"

"那一点伤，早就好了！"小燕子满不在乎地说。

突然一阵锣鼓喧天，人群中，出现一个踩高跷的队伍，有狮子有龙，有观音菩萨，有金童玉女，还有哼哈二将，有蚌仙，有唐僧取经，后面还跟着"八仙"……几乎把所有民间传说的人物，都包容在内。最精彩的是，全部踩着高跷，摇摇晃晃而来。

小燕子一看，兴奋得不得了，喊着：

"这个好看！太好看了！"就奋力挤上前去。

"小心！小心！大家不要走散了！"福伦看到人山人海，急忙警告。

小燕子哪里肯听，已经奋不顾身，拼命地挤进人群，要去看高跷队。她东一钻，西一钻，转眼就淹进人群中，没了影子。永琪不放心，追着小燕子而去。尔康和尔泰，忙着去追永琪，四个人就一前一后，挤得看不见了。

福伦和几个武将，护卫着乾隆。紫薇紧紧地跟在乾隆身边。乾隆本来也要去看高跷队，但是，人潮一波一波地挤着，再加上烟雾氤氲，就觉得很热，拿着扇子退在后面，紫薇用手里的扇子，拼命帮乾隆扇着风。福伦、纪晓岚等人，被挤得东一个西一个，但是，大家还是眼光不离乾隆。

这时，一个卖茶叶蛋的小贩，老夫妻二人，憨憨厚厚的，挑着担子停在乾隆面前。两人对人潮张望着，挺无奈的样子。老头就对老妻说：

"那儿人多，咱们两个大概挤不进去了！就在这儿将就将就吧！"

老太婆一股忠厚样，拼命点头：

"是啊，这卖茶叶蛋不比卖糕饼，又是火，又是炉子，万一烫着人，就不好了，能做多少生意，就做多少生意吧！"

乾隆觉得两夫妻善良勤勉，年纪那么大了，还要做生意，不禁同情，低头问：

"生意好不好？"

"凑合凑合，够过日子了！"老头说。

"老爷子要不要吃个茶叶蛋？"老太婆急忙问，"咱们都用上好的红茶煮的，您闻闻看香不香？不香不爽口，就不收钱！"

乾隆笑了，说：

"好吧，给我十个！紫薇丫头，来付钱！"

"是！"

紫薇挤上来，掏出钱袋来付钱。乾隆就去拿茶叶蛋。

突然间，老头跳起发难，一炉子炭火陡然飞起，直扑乾隆面门。热腾腾的茶叶蛋，全部成了武器，飞打乾隆。紫薇首当其冲，被烫得大叫。老头嘴里大喊：

"皇帝老儿，纳命来吧！"

老太婆哗啦一声，突然从腰间抽出一把尖锐的匕首，直扑乾隆，吼着：

"我给大乘教死难的信徒报仇！看刀！"

变生仓促，小燕子等人远水救不了近火，近处的鄂敏、傅恒、福伦等人大惊。

"有刺客！有刺客！保护老爷要紧……"福伦大喊，声如洪钟。

乾隆已经挥着折扇，来不及地打着那些炭火和热腾腾的茶叶蛋，一抬头，陡见利刃飞刺而下。乾隆本不至于招架不住，但是，前前后后全是人墙，施展不开。眼见利刃直逼胸前，自己竟退无可退，闪无可闪。就在这千钧一发的时候，紫薇奋不顾身，用身子直撞乾隆，挺身去挡那把刀。

只见利刃"噗"的一声，插进紫薇胸前，鲜血立刻出来。

乾隆大震，什么都顾不得了，伸手捞起紫薇，嘴里发出一声大吼，把周围的人，撞得跌的跌、倒的倒，他抱着紫薇，飞蹿出去。

同时，鄂敏、傅恒、福伦都大喊着飞扑过来救人，和那老头老太婆大打出手。

远处，小燕子、永琪、尔康、尔泰听到这边的喊叫，知道出事了，也顾不得伤人不伤人，一路吼叫着扑奔过来，飞的飞，蹿的蹿，跳的跳……

谁知，高跷队伍全部发难，高跷成了武器，和永琪等人展开恶斗。一群人竟然都是武功高手，大家打得天昏地暗。

群众喊着叫着，摔着跌着，四散奔逃，场面混乱。

傅恒、鄂敏和老头应战，福伦就保护着乾隆且战且退。乾隆一直抱着紫薇，不曾放手。利刃也一直插在紫薇胸前。

尔康等人，和那个高跷队杀得难解难分，始终没办法杀到乾隆身边，大家急死了，只得拼命死战。

傅恒、鄂敏已将老头和老太婆打倒在地。可是，"蚌壳精"和"舞龙舞狮"又都砍杀过来，傅恒见乾隆抱着紫薇不放，显然无法自保，急忙大喊：

"鄂敏！去保护皇上！这儿交给我！"

"是！"

鄂敏抽身，和福伦保护着乾隆，终于退到了安全地带。纪晓岚也奔了过来。

乾隆低头，看着怀中面孔雪白、血一直淌下的紫薇，哑声大叫：

"胡太医！胡太医！胡太医……胡太医在哪儿？"

"忙乱之中冲散了，皇上别急，我去找！"鄂敏说。

"鄂敏，你别去！在这儿保护皇上！"傅恒急喊。

乾隆大急，看着紫薇，心如刀绞，大喊：

"去找胡太医！这儿已经安全了，保护什么？赶快去找胡太医！"

纪晓岚急忙应着：

"我去找！我去找！"

纪晓岚冲进人群，到处找胡太医。

尔康耳听六路，眼观八方，看到纪晓岚在人群中，疯狂地喊着"胡太医"，知道有人受伤。他大吼一声，连连撂倒了好几人，飞过人群，抓住了正在盲目奔窜的胡太医。后面"何仙姑"追杀过来，一刀砍伤了尔康的手臂。尔康负伤，却不肯放掉胡太医，急促中，嘴里大吼，脚下连环踢，踢倒"何仙姑"，尔泰赶来，一刀刺下。

"皇上已经退到树下，紫薇身受重伤，你赶快去！这儿有我！"尔泰急喊。

尔康一听紫薇身受重伤，脑中轰地一响，抓着胡太医，一路杀出去。

树下，乾隆仍然抱着紫薇，不曾松手。他低头，看到紫薇的脸色越来越白，血一直滴到地下，不禁心慌意乱。他喊着紫薇：

"紫薇！紫薇丫头！看着我，别晕过去，保持清醒！跟我说说话！听到没有！"

紫薇看着乾隆，好痛，吸着气，觉得每次呼吸，血就跟着流出去。她以为自己要死了。好多话，还没说明白，怎么办？

"皇上，我是不是快死了？"她挣扎着问。

乾隆大震："什么死不死？受这么一点小伤，怎么会死？"抬头又一阵大喊，"胡太医！找到胡太医没有？"

紫薇心里好急，颤声地说。

"皇上，如果我死了，可不可以请求你一件事？"

"什么？"乾隆心痛，着急，心不在焉，到处找太医。

"请你饶小燕子不死！"紫薇轻声说，恳求地。

"不要再死不死的了，谁都不会死！"乾隆生气地喊。

紫薇好痛，呻吟着：

"我们不是安心的……请饶小燕子一命！"她再说。

乾隆根本听不懂，以为紫薇已经失去意识了，急得不得了，大声说：

"紫薇，你撑着一点，太医马上来了！"

这时，尔康浑身浴血，手臂带伤，提着太医，几乎是脚不沾尘地飞蹿而至。

"太医来了！太医来了！"他喊着，一眼看到乾隆臂弯里的紫薇，看到那把深深插在她胸前的利刃，和那点点滴滴往下淌的鲜血……他眼前一黑，几乎要晕过去，脱口就喊："老天啊！"

胡太医惊魂未定，喘息地站在那儿。

"请皇上把紫薇放下地，让臣诊治！"

鄂敏已将身上外衣脱下，铺在地上。

乾隆这才将紫薇放在地上。太医急忙上前把脉，察看伤口。

另一边，战事已经告一段落。高跷队东倒西歪，全部躺下。冀州的守备丁大人已经得到消息，率领了大批官兵赶到，捕捉刺客。

小燕子这时才能脱身，听到是紫薇受伤，吓得面无人色，连滚带爬地扑奔乾隆这儿，一看到地上的紫薇，魂飞魄散。

"紫薇，怎么会这样？你中了一刀……天啊！"她爬过去，抱住紫薇的头，泪珠就落在紫薇面颊上了，"我答应过金琐，不让你少一根头发，现在，你居然中了一刀，我要怎么办啊……"

紫薇看到小燕子，好多叮嘱，简直不知道要先讲哪一样好。

"金琐，要照顾金琐……"她虚弱地说。

小燕子更是泪如雨下。

"你说什么，不会有事的！你勇敢一点，不会有事的……"她哭着喊。

众人此时已恶战完毕，纷纷聚拢。

"报告皇上，丁大人已经带兵赶到，所有乱党全都抓了起来！都是大乘教的余孽，从'抛绣球'那天就盯上我们了，现在，已经押去审问了！"傅恒禀告。

就有丁大人带着一队官兵，急跪于地。

"卑职丁承先叩见皇上，不知皇上驾临，护驾来迟，罪该万死！"

官兵全部跪落地，齐声大喊：

"皇上万岁万万岁！"

乾隆烦躁地挥手，心急如焚地说：

"都不要吵，现在什么事都别说！先把紫薇治好要紧！胡太医，紫薇怎样了？"

"赶快找一个干净地方，臣要把匕首拔出来！"胡太医说。

乾隆就对丁大人喊："听到没有？最近的地方在

哪儿？"

丁大人磕头说："皇上不嫌弃，就到奴才家里吧！"

乾隆一俯身，就从地上抱起紫薇，急促地说：

"还耽搁什么？走呀！"

说着，乾隆就迈开大步，大家赶紧疾步跟随。

丁府一阵忙忙乱乱。

紫薇躺上了床，胡太医不敢立刻拔刀，生怕刀子一拔，紫薇也就去了。看乾隆这种神情，万一紫薇不保，恐怕他这个太医也不保了。先要丫头们准备热水，准备参汤，准备绷带，准备止血金疮药……他忙忙碌碌，在卧室内内外外跑。

乾隆在门口拦住了他。

"胡太医，你跟我说实话，拔刀有没有危险？"

"回皇上，紫薇姑娘的伤，并没有靠近心脏，可是，流血太多，伤到血管，是显而易见的！刀子拔出时，只怕她一口气提不上来，确实有危险！臣已经拿了参片，让她含着，但是……"

乾隆明白了，咬牙说道：

"朕跟你进去！看着你拔刀！"

两人大步来到床前。

紫薇躺在床上，脸色惨白，匕首仍然插在胸前。太医已将伤口附近的衣服剪开，丫头们用帕子压着伤口周围。

太医推开丫头，按住伤口，准备拔刀。

小燕子、乾隆、尔康、尔泰、永琪、福伦全部围在床前，紧张地看着太医。

"我需要一个人帮忙，抱住她的头，压住她的上身，免得拔刀时身子会动！"

尔康往前一冲，忘形地说：

"我来！"说完，才发现手臂上有伤，根本动作不便。

乾隆已经一步上前，坚定地说：

"朕来！"就上前，紧紧地、稳定地抱着紫薇的头，低头对紫薇说，"朕在这儿稳着你，朕既然贵为天子，一定能够给你力量！你也要为朕争一口气，知道吗？"

紫薇虚弱地点头，心里明白，自己的生命，恐怕会随着拔刀而消失，眼睛不禁看众人，好多的不舍，好多的话要说。

胡太医很不安：

"皇上！臣拔出匕首时，只怕血会溅出来！是不是让别人……"

"你不要顾虑了，赶快救人要紧！"就看众人，"你们退下吧！小燕子，你也出去！"

小燕子立刻哀声喊：

"我不走，我守着她！我绝对绝对不离开她！"

尔康两眼死死地看着紫薇，整个魂魄，都悬在紫薇身上，哪里能够离开。永琪看大家这个状况，就急促地说：

"皇阿玛，如果没有不方便就让我们看着这把刀拔出来。毕竟，这些日子以来，我们跟紫薇已经像一家人了！没看到她平安，大家都走不开！而且，我们可以给她打气呀！"

乾隆自己已经方寸大乱，顾不得大家了，就默然不语。

太医就握住刀柄，看着紫薇说：

"紫薇，我要拔刀了！拔出来的时候会很痛，但是，没办法，非拔不可！"

紫薇点了点头，抬眼看乾隆。

"等一下！"她的眼光，深深切切，里面藏着千言万语，盯着乾隆。

乾隆在这样的眼光下，觉得心都碎了。他振作了一下，用有力的语气说：

"紫薇丫头，只是痛一下，你不会有事，朕不许你有事！不要怕，知道吗？"

"皇上……皇上……我要请求一件事！"紫薇衰弱地说。

"是！你快说！这刀子要马上拔，不能再耽搁了！"乾隆着急。

"皇上……请答应我，将来，无论小燕子做错什么，您饶她不死！"

小燕子一听，泪水就疯狂滚落。

"好，朕饶她不死！你安心了吧？"乾隆匆匆回答。

尔泰和永琪交换了一个眼神，这句话终于听到了，却是在这种情况下，人人震动而心碎。

紫薇放心了，一笑，眼光就停在尔康脸上。

"尔康，我也求你一件事！"

尔康震动地盯着紫薇，哑声说：

"你说！"

"万一我有个什么，请你收了金琐！我把她的终身托付给你了！"

尔康心中，一阵绞痛，此时此刻，她关心的是小燕子，是金琐！他咬了咬牙，忍着泪不敢再耽误时间，有力地答道：

"是！"

紫薇就对太医沉着地说：

"请拔刀！"

大家连大气都不敢出，屏住呼吸，定定地看着那把刀。

小燕子泪水不停地掉，用手蒙住嘴。

尔康咬紧牙关，好像是自己在拔刀，脸色和紫薇一样苍白。

太医握住刀柄，用力一拔。

鲜血立刻飞溅而出。紫薇一挺身，痛喊出声：

"啊……"

乾隆将紫薇的头，紧紧一抱，血溅了一身。

紫薇昏厥了过去。乾隆急喊：

"紫薇！紫薇！紫薇……"

"她死了……她死了……"

"扑通"一声，小燕子晕倒在地。

紫薇悠悠转醒的时候，夜已经很深了。她闪动着睫毛，微微地睁开眼睛，只见室内灯火荧荧。她的眼光，从灯光上移开，看到了太医和小燕子……然后蓦然发现乾隆正一眨也不眨地看着她。紫薇一个震动，清醒了，惊喊：

"皇上！"

小燕子立刻扑了过去，惊喜地喊：

"她醒了！她醒了！"

乾隆给了紫薇一个难以察觉的微笑，转头急喊：

"胡太医！"

"臣在！臣马上诊视！"

胡太医急忙上前，看了看紫薇的眼睛，又握起紫薇的手来把脉。半晌，胡太医放下紫薇的手，松了一大口气，回头看乾隆：

"皇上，紫薇姑娘脉象平稳，已经没有大碍了！真是皇上的洪福，苍天的庇佑！现在，只要好好调理，休养一段时间，就可以恢复健康了！"

乾隆那颗提着的心，这才回归原位，就低头去看紫薇。

"紫薇！觉得怎样？醒了吗？真的醒了吗？认识朕吗？"

"皇上，我……让您担心了！"紫薇衰弱地说。

乾隆紧紧地盯着她：

"是，你让朕担心了，担心极了，担心得不得了！现在怎样，坦白告诉朕！"

"好痛！"紫薇诚实地说。

胡太医急忙说：

"我这就去熬药，吃了，可以安神止痛！"

"有那种药，还不快去熬！"乾隆对太医喊。

"喳！"太医急急退出门去。

小燕子对着紫薇，左看右看，越看越欢喜。她握起紫薇的手，终于有真实感了，突然放声大叫：

"哇！你活了！"低头看紫薇，乐不可支，"恭喜恭喜！你没有死！你知道是怎么回事吗？你已经到阎王那儿去报到，可是，阎王老爷看到你，非常生气，跟那些抓你的小鬼大发脾气，说：'这个姑娘时辰没到，还有一百年阳寿，你们抓错了人，赶快送她回去！'所以，你就活过来了！渡过这一关，你还有一百年好活！"

紫薇看着小燕子，笑了。

"一百年，那不是变成老妖怪了！"

"反正有我这个'千岁千千岁'陪着你！你怕什么？

咱们上面，还有万岁万万岁呢！"

乾隆就俯身看着紫薇，眼中，盛满了温柔。紫薇接触到乾隆的眼光，不安地动着身子：

"皇上！您还不赶快去休息，我那一百年阳寿，准会被您打折了！"一动，伤口好痛，不禁咬牙吸气。

乾隆急忙按着她的身子：

"别动！那么大一个伤口，你还要动来动去，血好不容易才止住了！千万不要动！"就深深地看着紫薇，说不出有多么怜惜，"还记得整个发生的事吗？"

紫薇点点头，难过地说：

"怎么会有刺客呢？一个好皇上，千载难逢，他们还要行刺，我真……想不通！"又关心地问，"还有人受伤吗？"

"只有尔康，受了一点轻伤，其他人都还好！"

"尔康！"紫薇惊呼。

"操心你自己好不好？不要管别人了！和你的伤比起来，那些伤都不算什么了！"乾隆忍不住用帕子拭去紫薇的汗，"这一会儿，疼得好些吗？"

"好多了！拔刀的时候，我真的以为活不成了！"

"傻丫头！有我镇在那儿呢！朕心里一直有个强烈的声音在说，你不会死！绝对绝对不会死！"

紫薇感动极了，吸了吸鼻子，请求地说：

"我现在没事了，请皇上去休息！"

乾隆继续看着紫薇，看了好久好久。

"好！朕去休息，让你也能休息，不过，在朕去休息以前，有几句话要跟你说！"

紫薇又点点头。

"你今天用你的身子，为朕挡那把刀，你带给朕的震撼，不是一点点，而是惊涛骇浪。你受伤之后到现在，朕一直看着你，不明白如此柔弱的你，怎么会有这种勇气？你，真的让朕困惑了、感动了！"

紫薇眼中充泪了：

"皇上，你不用困惑，那不是'勇气'，只是一种本能！"

"本能？多么珍贵的'本能'！朕会永远珍惜着你这份'本能'！"

紫薇很想说什么，奈何伤口痛楚，欲说无力。

乾隆见她欲言又止，体贴地说：

"现在，夜已经深了，朕还要去追查那些刺客的来历，不陪你了！有什么话，慢慢再告诉朕，来日方长，知道吗？"

紫薇再点点头。乾隆就起身，看着小燕子：

"小燕子，你好好地侍候着紫薇，需要什么，马上说！太医的药熬好了，要看着她吃下去！"

"我知道！"

乾隆再看了紫薇一眼，转身去了。小燕子送到房门口。

"去陪着紫薇，别送朕了！"

"是！"

乾隆离去了，小燕子就回到床边，对紫薇崇拜地说："紫薇！你好了不起，胸口插了一把刀，你还记得要皇阿玛饶我死罪！我的脑袋，是不是不会搬家了？"

"我想，不会搬家了！"

"那……我们还等什么？我们都说出来算了！"小燕子兴奋地说。

"无论如何，要先回宫才能说！"

"无论如何，要等你身体好了才能说！万一皇阿玛大发脾气，你才有力气帮我！"

紫薇虚弱地笑，同意了。

这晚房门一开，尔康闪身入内。他关上房门，就直冲到床前。

紫薇一见到尔康，就紧张地惊呼着：

"你的手臂怎样了？给我看！"

尔康心痛已极地说：

"不要管我的手臂了！"就用没有受伤的手，抓住紫薇的手，急促地说，"嘘！你别说话，也不要动！我知道你很衰弱，没力气跟我多说话，你什么话都别说！听我说就好了！我看着太医离开，问过你的情形，我也看到皇上离开，知道你不会有事了！我不再说让你泄气，或者让你担心的话，我只要告诉你，我爱你爱得好心痛，爱得快发疯了！请你为我快快好起来！"

紫薇含泪点头。

"你已经赢得皇上的爱，赢得每一个人的尊敬，你这么勇敢，这么不平凡！我想到这样完美的一个你，居然心中有我，就觉得好骄傲！我想，我不用告诉你，你的受伤，带给我多大的痛楚，因为你那么了解我，你会体会的！现在，皇上和太医，时时刻刻都在你身边，我反而只能远远地看着你，我能说的，你听得见，我不能说的，相信你也听得见！"

紫薇拼命点头。

"你好伟大，你好能干！现在，我们等于已经拿到特赦令了，等到我们回宫以后，等你的身子完全康复了，我们再找一个机会，去跟皇上说明一切，现在我不要你操心，不要你烦恼，我一定配合你！不会冲动。我信任你，爱你！"

尔康说完，就在紫薇额上，印下一个重重的吻，站起身来说道：

"太医马上要给你送药来，我不能停留了！答应我，好好吃药，好好休息！"

紫薇含泪看尔康，握着尔康的手，用力地紧握了一下。

"你的手臂……"

"我知道!"尔康急忙回答,"我也会为你保护我,你放心,只是一点点皮肉伤!"他依依不舍地放开紫薇,"我走了!明天再来看你!"

紫薇再点头。

尔康很快地闪身出去了。

小燕子眨动眼睑,对紫薇说:

"我好感动!我好嫉妒!你怎么能让这么多的人都喜欢你呢?"

紫薇一笑。

"你还不是一样吗?"

"'扑哧扑哧'啊!"

紫薇怔了怔,听不懂。

"就是'彼此彼此'啊!我才学会的句子!"

紫薇虽然很痛,却忍不住笑了。

紫薇的受伤,带给乾隆的震撼,真的不是一点点,而是强烈巨大的。他身为皇上,早已习惯了前呼后拥、被人千方百计保护着的日子。从小到大,侍卫、随从为他受伤的也有好多,他的感觉都只是"理所当然"而已,那些人是训练了来保护他的。可是,紫薇却用血肉之躯,来为他挡刀,他就不能不震动,感动到"忘我"的地步了。一连好几天,他陷在这种感动中,眼中,都是紫薇,心中,也都是紫薇。

几个大臣,也看出皇上的心事了。福伦是知情的人,看在眼里，急在心里。纪晓岚在毫不知情下，却成了乾隆的知己。君臣之间，对紫薇有着最坦率的谈话。

"这个紫薇，真的让朕困惑极了、震动极了！"乾隆说。

纪晓岚察言观色，就诚挚地说：

"紫薇姑娘，是个冰雪聪明、才气纵横的女子。这一路上，臣看着她在生活小事中，流露出来的智慧，已经觉得非常惊奇。作诗、写字、下棋，她什么都会，书籍的涉猎，又那么广博，真是难得！而这次面对刺客，表现出来的勇气，才更加让人佩服！"

乾隆被纪晓岚说进心坎里：

"是啊！朕这些天，一直在回忆被刺那个刹那，就想不明白是什么力量，让她去挡那把刀！她没有武功，手无缚鸡之力，只是一个弱女子。当她用身子去挡刀的时候，她根本没有时间思考！她说，那是'本能'！是的，朕千思万想，那确实出于'本能'，她的'本能'，让她毫不犹豫地代朕去死！朕只要想到这一点，就觉得惊心动魄了！"

纪晓岚了解地看着乾隆，觉得已经"读"出了他的心意。

"这样的女子，可遇而不可求！是皇上的洪福，才会遇到。这次皇上化险为夷，论功行赏，紫薇姑娘，也要排个首功！无论如何，应该给她一点封赐！臣以为，皇上回宫以后，不妨再作安排！"

乾隆迷惑起来：

"朕也这么想。可是，这个紫薇，实在有些奇怪！朕从来没有对于一个女子，像对她这样！在朕内心深处，总觉得对她有种感情，甚至超越了男女之情。朕会去在乎她的看法、她的感觉，几乎'尊重'着她的一些思想，不愿意用'皇上'的身份去勉强了她。朕也对她充满好奇，很想去透视她、研究她！哦！真有些说不明白！"

"臣以为，最美丽的女人，是一本吸引你一直看下去却永远读不完的书！"

"哦！"乾隆对这个说法，非常感兴趣，"你这个说法，很有意思！是！紫薇就是这样一本书！有时，朕很想翻到最后一页，去看看结尾，又生怕这样，把中间最精彩的部分跳掉了，于是，就压抑着自己，不要操之过急！还是一页一页地看吧！她有些地方，像一个谜！"

是的，紫薇是一个谜，有些神秘。乾隆在震撼之余，根本没有去推敲谜底。

紫薇在丁府，休养了半个月，所幸年轻，复原得很快。半个月以后，已经活动如常了。乾隆自从碰到刺客事件，就对"微服出巡"败了兴致，很想回宫了。只是紫薇身子没好，他生怕她禁不起舟车劳顿，一直按捺着不动身。

这天，小燕子和两个丫头，扶着紫薇坐进亭子。

尔康、尔泰、永琪都围了过来。

"紫薇，怎么下床了？太医说可以出来吗？吹风不要紧吗？"

紫薇站起身来，跳了跳，转了一圈，表示自己已经好了。

"我好得不得了，你看，跑跑跳跳，都没关系！就是皇上太关心，太医才说多休息几天比较好，其实，我没事了，你们不要再把我当病人了！被我拖累的大队人马，都不能行动，已经好抱歉了！"

"好好好！我们相信你，你不要跳！不要转圈子了，当心头晕！"尔康急忙说。

亭子外面，丁府的几个女孩子，正在踢毽子。毽子一上一下，煞是好看。孩子们一面踢，一面数着数：

"五、六、七、八……"

毽子飞得太高，眼看接不到了，小燕子技痒，一个飞身而出，接着毽子，继续踢下去，一面踢，一面对孩子们喊着：

"我教你们怎么踢毽子！这踢毽子有各种各样的花样……"就表演起来，"前踢，后踢，转身踢，连环踢，高踢，翻个跟头踢，这个踢法叫'鲤鱼跃龙门'，这个踢法叫'老鹰抓小鸡'……"

小燕子表演得十分精彩，孩子们看得目瞪口呆。个个的脑袋，都跟着那个毽子忽上忽下。

紫薇、尔康、尔泰、永琪、丫头等人都笑吟吟地看着。尔康看看小燕子，看看紫薇，因紫薇的恢复健康而欣喜着。小燕子继续喊：

　　"这样反脚从后面一个高踢，叫作'一飞冲天'！"

　　毽子被这个"一飞冲天"，真的飞上了天，然后，竟然落到屋顶上去了。

　　众孩子全体"哇"地大叫：

　　"毽子！毽子！我们的毽子！怎么办？我们要毽子……"

　　"要毽子？那有什么难？拿给你们就是了！不要吵，不要吵……"

　　小燕子一面说着，一面施展轻功，飞身而起，永琪大喊：

　　"小燕子！你不要去拿了，我帮你去拿……"

　　永琪话没说完，惊见小燕子这次的表演居然成功，已经上了屋顶。

　　"她上去了！居然上去了！"尔泰不相信地喊。

　　所有的小孩全体仰头往上看，佩服极了，大喊：

　　"还珠格格好伟大啊！好伟大啊！可以飞上屋顶耶！"就鼓起掌来，大叫，"还珠格格好伟大！还珠格格了不起！"

　　小燕子上了房，好生得意，听到掌声吆喝，更加得意。但是，毽子在屋顶另一角，小燕子就一面走向那个毽子，一面对下面众人喊：

"谁都不要上来帮忙，我马上拿下来了！"

小燕子就在屋顶上迈步，摇摇晃晃地去拿毽子。

众人看得提心吊胆。

就在此时，乾隆带着纪晓岚、傅恒、福伦、鄂敏等人来到。

乾隆见大家都仰头看屋顶，跟着抬头一看，大惊！大喊：

"小燕子！你怎么跑到人家屋顶上去了？这成何体统？赶快下来！"

小燕子被乾隆一吼，吓了一跳，一面回头看，一面伸手捞毽子，这样一分心，脚下一滑，就尖叫着，整个人滚下屋顶。

孩子们惊呼起来。

永琪早就蓄势待发，此时飞蹿过去，伸手一接，小燕子落在永琪怀里，手里牢牢地握着那个毽子。

乾隆眉头一皱，本来就觉得小燕子和永琪之间，有些怪异，现在的感觉更强了。

"小燕子！你实在有点过分！哪有一个格格，像你这样淘气！现在，我们是在丁家做客，你好歹也要收敛一点！怎么上了人家的屋顶！像话吗？"乾隆骂着。

小燕子从永琪怀中跳了起来，对乾隆鼓着腮帮子：

"只是帮孩子们去捡毽子嘛！毽子飞到屋顶上去了，

不上去怎么拿呢？本来拿得好好的，难得我的轻功这么灵，一跳就上了房，人家孩子们给我又鼓掌又吆喝的，我正在得意呢！皇阿玛一来就吼我，害我从上面摔下来！这一摔，得意也摔掉了，光彩也摔掉了，弄得我一鼻子灰！我是因为紫薇好了，心情好，才稍微放松一下，跟孩子们玩玩嘛！皇阿玛干吗那么凶？"

乾隆啼笑皆非，睁大眼睛：

"哈，朕才说了一句，你倒有这么多句！看样子，还是朕怪你怪错了？"

小燕子叹口气：

"老爷还没回宫，你又把'体统'搬出来了！我最怕的，就是皇阿玛那句'成何体统'！"

乾隆瞪着小燕子，很想凶她，却又凶不起来。此时，紫薇走过来，笑着说：

"皇上，格格只是高兴，您就让她高兴一下吧！"

乾隆凝视紫薇，声音不知不觉地柔和了：

"好！看紫薇丫头的面子，不怪你了！"

小燕子一屈膝，笑开了：

"谢皇阿玛不怪之恩！"

小燕子得意，把毽子一丢，飞身一踢，毽子落到孩子中。孩子接着毽子，笑着跑走了。

乾隆摇头，唇边却堆满了笑，众人察言观色，也都笑了。

这时，丁大人带着两个官兵，疾步而来，甩袖一跪：

"启禀皇上，北京有急奏！"

"拿来！"乾隆神色一凛。

官兵跪倒，双手高举，呈上奏章。

福伦等人，脸色全体一变，紧张地看着乾隆。乾隆看完奏章，惊喜地抬头：

"福伦，你们猜发生了什么事？"

福伦看乾隆脸色：

"臣猜不着！想必是件好事！"

"哈哈！是件好事！西藏土司巴勒奔带着他的小公主塞娅，定于下月初来北京朝拜！西藏这样示好，真是大清朝的光彩呀！"

大家全体惊喜起来。尔康算了算日子，惊喊：

"下月初？那么，我们要快马加鞭，赶回北京了！"

乾隆说：

"是！我们要快马加鞭，赶回北京了！"

　　小燕子和紫薇回到漱芳斋那天，整个漱芳斋都乐翻
了。金琐和紫薇团聚，有问不完的问题、说不完的故事。
碰到一个夸张的小燕子，更是叽叽喳喳，指手画脚，把
这一路的状况，说个不停。至于"紫薇救乾隆"这一段，
那就更加绘声绘色，说得天花乱坠。那把插在紫薇胸口
的刀，她比画得像把长剑，紫薇流血，更是形容成血流
成河，越说越严重，把金琐、明月、彩霞、小邓子、小
卓子几个，听得眼睛都直了。金琐一面听，一面落泪不
止，拉着紫薇，左看右看，上看下看，简直恍如隔世，
嘴里不停地说着：

　　"哎呀！怪不得我在家里，一下子眉毛跳，一下子眼
睛跳，就觉得心惊胆战，好像要出事似的！小姐啊……
你答应过我，会照顾你自己，你怎么还让自己受伤？"

又瞪小燕子，"小燕子，你的保证呢？"

小燕子伸出手掌给金琐。

"给你打！随你要打多少下！"

明月他们听得津津有味，一直追问：

"后来呢？后来呢？"

紫薇忍不住，从椅子里站了起来：

"好了好了，故事说到这里为止，被她这样渲染下来，我大概会变成女神仙什么的了！哪有那么神呢？你们看我，不是好端端的吗？如果刀有那么长，我早就没命了！别听格格吹牛了！"就转变话题，"你们在家里怎样，皇后有没有再来找你们的麻烦？""她来过两次，东张西望了一会儿，就走了！你们两个不在，她发脾气都找不着物件了，所以，就没什么事！"看紫薇，"真的伤得很严重吗？"

"放心！这不是活着回来了？"

小卓子、小邓子还要追问"刺客"的故事，小燕子拍拍手，嚷着：

"好了好了，故事明天再说，欲知后事如何，且听下回分解！总之，紫薇大难不死，我们七个人，又都团圆了，难道你们几个，都没有准备一点酒菜来欢迎我们吗？"

金琐走过来，弯腰，手一挥，说：

"格格、小姐，请进餐厅！"

原来，福伦已经派了"加急"部队，一早就先进宫来报喜，所以，大家都有了准备。漱芳斋里，也已将好酒好菜摆了满桌。

这种场合，小别重逢不说，还有大难不死的喜悦。漱芳斋内，就又顾不得"规矩"了。小燕子不许任何一个人离席，坚持要"团圆"。于是，七个人围桌而坐，像是一家人一样，没大没小，嘻嘻哈哈。

七个酒杯，在空中一碰。小燕子欢声大叫着：

"祝大家'长命百岁，脑袋不掉'！"

大家哄然回应，都喊：

"祝大家'长命百岁，脑袋不掉'！"

大家正在酒酣耳热，外面忽然传来太监的喊声：

"皇上有赏！"

众人一惊，全体跳下桌子，狼狈地整冠整衣，跪落在地。

小邓子哈腰过去，打开房门。

但见外面一溜儿的灯笼，照耀得如同白昼。

就有两个宫女，高举着两只烤好的"叫花鸡"进来，高声报着：

"皇上赐'在天愿作比翼鸟'给还珠格格和紫薇姑娘！给两位加菜！"

小燕子和紫薇两个对看，眼里不禁闪耀着惊喜。宫女将菜放上桌。两人还来不及表示什么，宫女又送上第二道菜，继续报着：

"皇上赐'红嘴绿鹦哥'给还珠格格和紫薇姑娘!"

第三道、第四道、第五道……鱼贯而入。

"皇上赐'燕草如碧丝'给还珠格格和紫薇姑娘!"

"皇上赐'秦桑低绿枝'给还珠格格和紫薇姑娘!"

"皇上赐'漠漠水田飞白鹭'给还珠格格和紫薇姑娘!"

"皇上赐'阴阴夏木啭黄鹂'给还珠格格和紫薇姑娘!"

"皇上赐'凤凰台上凤凰游'给还珠格格和紫薇姑娘!"

好不容易赏赐完毕,放了一大桌。

就有太监往前一站,朗声说:

"皇上有旨,今晚漱芳斋可以'没上没下,没大没小'!尽情喝酒,尽情狂欢,不受任何礼教拘束!"

小燕子这一下喜出望外,跳起身子,就爆发了一声欢呼:

"皇阿玛万岁万万岁!"

紫薇带着众人,匍匐于地。

"还珠格格和紫薇,谢皇上赏赐!"

太监和宫女退出。

小燕子抓着紫薇的手,又跳又叫:

"我们可以尽量地吃,尽量地喝,尽量地醉,尽量地疯了!"

金琐听出名堂,奔过来,激动万分地抓住紫薇的手:

"你和小燕子,终于'平等'了吗?难道皇上知道?!"

"还没有,还没有!可是,已经'呼之欲出'了!"

"什么'鱼粗鱼细'的？一条鱼都没看见！"小燕子吼着，笑得好开心，"大家不要挑三挑四了，没有鱼，有鹦哥，有凤凰，有比翼鸟，有白鹭……还不够吗？大家赶快过来'狂欢'吧！这是我第一次这么开心地'遵旨'啊！"

大家就奔回桌前，拿起酒杯，又砰然一碰。

紫薇看着那一桌子的菜，想着乾隆此时此刻，会做这样的安排，记住了自己每一道菜，心中的欢喜，就涨满了胸怀。那份"窝心"，别提有多深切了。她不禁匍匐在桌上，在几分酒意之下，笑不可抑。

金琐看着紫薇，感同身受，也笑不可抑了。

那晚，乾隆和令妃在一起，小别之后，也有数不尽的温馨。令妃一面帮乾隆宽衣，一面柔情百转地说：

"怎么会碰到刺客呢？臣妾真的是吓得魂飞魄散了！幸好有个紫薇奋不顾身，要不然，后果真是不堪设想！臣妾只要一想到当时的情况，就浑身冒冷汗！皇上，以后不要微服出巡了！"

乾隆伸手握紧令妃忙碌的手，郑重地说：

"令妃，朕要跟你说一声，在紫薇那样拼死救朕以后，朕再也不能，把她当成一个单纯的丫头了！"

令妃震动了一下。

"皇上，你已经……已经……和她……"

"朕没有！她和小燕子整天在一起，像亲姐妹一样，朕就算有什么打算，也得问问她自己的意思，和小燕子的意思！"不禁深思起来，"总觉得，她对朕并不是那么单纯，说不定，她有她的想法！"

"皇上的想法，就是她最大的幸福了，她还会有什么其他的想法呢？等她知道以后，恐怕会高兴得昏过去。皇上要臣妾去帮您问她吗？"令妃藏住自己的醋意，温婉而体贴地问。

"不！朕宁愿自己问！"

令妃凝视乾隆，在乾隆眼中，看出一种深不可测的感情。这使令妃震慑了。

"皇上，那紫薇……让您这么动心？"她低声地问。

乾隆深思，自己也有一些迷糊：

"不是动心，是珍惜！从来没有过的珍惜！"

令妃有一点儿受伤。但，旋即掩饰住了。

"能为皇上拼命，能为皇上挨刀，臣妾虽然有些吃醋，可是，也对她充满感恩呢！"就振作了一下，"那么，皇上的意思是，要收了她？封她做贵人？"

乾隆不知道为什么，竟震动了一下，眼底闪过一丝困惑。

"眼前不忙，不要吓着她，什么都别说！西藏土司巴勒奔马上要来了！等忙过这一阵子，再来办紫薇的事！"

巴勒奔带着公主塞娅来的那一天，真是热闹极了。巴勒奔和塞娅，分别坐了两乘华丽的大轿子，由十六个藏族壮汉，吹吹打打地抬进了皇宫。在轿子前面，又是仪仗队，又是鼓乐队，最别开生面的，是有一个藏族鬼面舞，作为前驱。所有的舞蹈者，都戴着面具，配合着藏族那强烈的音乐节奏，跳进宫门。

乾隆率领众大臣及阿哥们，都站在太和殿前，迎接巴勒奔。

鬼面舞舞进宫门，舞到乾隆及众人面前，旋转，跳跃，匍匐于地，行跪拜礼，然后迅速地散开。两乘大轿，抬进来，轿夫屈膝，轿子放在地上。巴勒奔和塞娅在勇士搀扶下下轿，见到乾隆，就都匍匐在地，所有藏族的队伍全部跪下，大喊：

"巴勒奔和塞娅参见皇上，吾皇万岁万岁万万岁！"

远处的一根石柱后面，小燕子带着紫薇和金琐，正在偷窥。紫薇害怕，拼命去拉小燕子的衣服：

"好了，你看够了，赶快走吧！别给大家发现了！这不是普通场面，皇上在接待贵宾啊！"

小燕子拼命伸头，兴奋得不得了：

"好好看啊！你看那些戴面具的人，跳那么奇怪的舞！那个西藏土司，长得好威武！"

金琐也看得津津有味。

"可是，那个小公主却长得好小巧！那身红衣裳真漂亮！"

小燕子的头，越伸越出去：

"皇阿玛太不够意思了，你看，人家西藏土司从西藏到这儿还把一个公主带在身边，见皇阿玛也没让公主躲起来！为什么我不能大大方方跟皇阿玛站在前面呢？"

紫薇死命拉住小燕子的衣服，把她拼命往后扯：

"你怎么回事？脑袋越伸越出去，快走吧！待会儿，他们大家一回身，就看到我们了……"

"让我再看一下，再看一下就好……"小燕子不依，头更往外伸。

乾隆和巴勒奔行礼已毕。巴勒奔就放声地大笑着，用不标准的中文，说：

"哈哈哈哈！这中原的景致、风土，和西藏实在不一样，一路走过来，好山好水！好！好！一等一的好！"

乾隆也大笑着：

"哈哈！西藏土司路远迢迢来到北京，让朕太高兴了！请进宫去，国宴侍候！"

巴勒奔拉住塞娅的手，带上前来：

"这是我最小的女儿，塞娅！"

乾隆也急忙让永琪和阿哥们上前：

"这是朕的儿子们！"

"皇上没有女儿吗？"巴勒奔惊奇地问。

"当然有！朕有八个女儿！"

"怎么没看见？"

"大清规矩，女儿不轻易见客！"乾隆一愣。

巴勒奔很惊奇，不以为然地说：

"女儿尊贵，不输给男儿，没有女子，何来男子！"

乾隆对这种论调，也很惊奇，谈笑间，已经转身向里走。

柱子后面的紫薇和金琐，急忙放掉小燕子，回头就跑。小燕子正伸长脑袋往前看，紫薇和金琐骤然放手，她的身子就冲了出去。她一个刹车不及，竟然摔了一跤。

乾隆和众人看到小燕子跌了出来，大惊，个个愕然，看着她。

小燕子好尴尬，跳起身来，反身想跑，已经来不及了。

乾隆一怔，只得喊：

"小燕子！"

小燕子急忙对乾隆一跪：

"皇阿玛吉祥！"

乾隆回头对巴勒奔说：

"这就是朕的一个女儿！还珠格格！"

小燕子抬头看西藏土司，塞娅已经一步上前，好奇地打量着小燕子，接着，就神气活现地用西藏话，叽里咕噜地说了一些什么。巴勒奔对塞娅吼：

"不是学了中文吗？不要说藏语！"

塞娅就大声说：

"这个还珠格格，怎么趴着出来，跪着说话？比大家都短一截，像话吗？"

小燕子一听，气坏了，跳起身子，嚷着：

"我来跟你比比看，谁比谁高！"

乾隆摇头，急忙阻止，瞪了小燕子一眼：

"小燕子！不得无礼！你退下吧！"就回身对巴勒奔说，"这边请！"

大队人马，跟着乾隆，迤逦而去。

小燕子仍愤愤不平地站在后面，瞪大眼睛看着众人的背影。

西藏土司一来，大家都忙起来了，不但乾隆没时间来漱芳斋，连尔康、尔泰、永琪三个，也都忙得晕头转向，好多天不见人影。小燕子寂寞之余，就大大地怀念起"微服出巡"的日子来。对这个塞娅，意见也多得很。

"那个塞娅公主，人小小的，气派可大大的！这样被八人大轿抬进来，神气活现，见了谁都不怕！见了皇阿玛，也抬着头挺着胸，看着我的时候，眼睛长在头顶上，这样瞅着我说……"就胡乱学着西藏话：

"嘛咪嘛咪咕噜咕噜巴比灵斯东呛！"

"啊？她还敢对你念咒啊？"小邓子瞪大眼睛，惊问。

"'嘛咪嘛咪咕噜咕噜巴比灵斯东呛！'是个什么意思？"小卓子也喊。

"不是念咒，是西藏话！意思是说我跪着出来，太丢脸了！同样是'公主'，她就那么神气，我就那么

'扁'！气死我了！"小燕子又摇头，又叹气。

正在谈着，尔泰忽然匆匆忙忙地跑来了。

"我来跟你们说一声，明天，在比武场，有一场盛大的比武大会！那个西藏土司带了八个武士来这儿，说是要跟我们的武士较量较量！所以，我们大家都忙死了，全部在准备明天的比武！皇上说，小燕子一定爱看，特别留了三个位子，让小燕子、紫薇和金琐去看！"

金琐惊喜交集地喊：

"连我都有位子吗？"

小燕子这一下又高兴起来，把手里的帕子往空中扔去，嘴里大叫：

"啊哈！哇哈！嘛咪嘛咪咕噜咕噜隆哆呛！"

尔泰听得一头雾水：

"你在说些什么？"

"西藏话！意思就是：明天会把你们打得落花流水！"

这天，在皇宫的比武场上，真是热闹非凡，人头滚滚。

乾隆带着皇后、令妃、众妃嫔、众大臣、阿哥、格格们一起观战。乾隆身边，坐着巴勒奔和塞娅。再旁边，小燕子、紫薇、金琐、尔康、尔泰都在。

小燕子、紫薇、金琐都非常兴奋，皇后不时冷冷地看着紫薇和小燕子，眼神充满了不满和嫉恨。令妃也不时看着紫薇，见这种场合，紫薇出席，心中更是了然。

那个塞娅，真是活泼极了，在那儿又跳又叫，大声给自己的武士加油，西藏话、中文夹杂，喊得乱七八糟：

"鲁加！给他一球！重重地打……哈哩哈啦嘛咪呀！快呀！冲呀……"

场中，赛威和那个鲁加，正打得难解难分。赛威的武器是一根链子，鲁加是一个大铁球。一会儿链子套中铁球，一会儿铁球又震飞了链子，打得惊险无比，高潮起伏。

小燕子看看塞娅，哪里受得了她如此嚣张，跳起身子，也大声嚷嚷：

"赛威！努力！努力！你是大内高手，你是最伟大的勇士，不要丢了我们的脸，给他们一点颜色看看！用力！用力……把链子甩起来，套住他的球，打飞他的球……小心呀……"

塞娅回头看看小燕子，听到小燕子叫得比她还大声，整个人就站起身子，狂喊：

"鲁加！胜利！胜利！胜利！胜利！哈哩哈啦嘛咪呀！"

小燕子也狂喊：

"赛威！哈哩哈啦嘛咪呀！打他一个落花流水！打他一个落花流水！把他打倒，不要客气……"

乾隆、皇后和众人听到塞娅和小燕子呐喊助阵，都傻眼了。一会儿看小燕子，一会儿看塞娅，几乎都忘了看比赛。巴勒奔却兴趣盎然，似乎觉得有趣极了。

塞娅学着小燕子喊：

"鲁加！打他一个落花流水！打他一个落花流水！"

小燕子不甘示弱，也学着塞娅喊：

"赛威！哈哩哈啦嘛咪呀！哈哩哈啦嘛咪呀！"

塞娅和小燕子，两人惊异互看，再掉头比嗓门。

"鲁加！一等一的好！一等的勇士！重重地打！"

"赛威！特等的好！特等的勇士！打得他抬不起头来！"

场内场外，一片热闹。不料赛威不敌，链子竟脱手飞去。

塞娅大喜，跳着脚狂喊：

"我们赢了！胜利！胜利！"双手高举向天。

小燕子愀然不乐，气得直吐气。还好，场内马上换了人。赛广和另一个西藏武士正在角力，彼此抱着，翻翻滚滚，摔来摔去，打得也非常精彩。小燕子又大喊了：

"赛广，给他一个过肩摔，不要客气！努力！努力！"塞娅绝不礼让，西藏话、中文并用，狂喊：

"过肩摔！不要客气！努力！努力！"

"赛广！灵活一点，用你的轻功对付他！"

赛广似乎被提醒了，一阵脚不沾尘地飞绕，西藏武士被他弄得头昏眼花，连连几拳挥空，小燕子大笑，场中掌声雷动。

"赛广！你好伟大！就是这样！累死他！"

塞娅气坏了，跳脚大喊：

"西藏武士得第一！"

"才怪！满族武士得第一！"

两人叫着叫着，赛广已经捉住对方，高举过头，用力掷下。西藏武士起不来了，赛广赢了。小燕子好生得意，转头对塞娅喊：

"你们输了！你们输了！"

塞娅脸色一沉，回头大喊：

"朗卡！"

朗卡就飞跃入场，手无寸铁。大内高手高远出场迎战。

小燕子和塞娅又开始尖叫加油。

谁知，这朗卡十分厉害，没有几下，高远就败下阵来。又一个大内高手出去迎战朗卡，朗卡灵活，武功高强，大内高手又败下阵来。

乾隆脸色暗了下去。

塞娅喊声震天：

"朗卡万岁！朗卡胜利！朗卡哈哩哈啦！"

小燕子气得脸发白，只见又一个高手被朗卡摔倒。小燕子就忍不住大叫：

"我们满族的高手到底在哪里？出来呀！"

一个人从看台上飞跃而下，众人一看，不禁发出惊呼，原来是尔康。

小燕子疯狂般地喊起来：

"尔康！伟大！尔康！拿出本领给他们瞧瞧……"

尔康和朗卡就大打起来。两人都武功高强，拳来拳往，打得精彩无比。

紫薇忍不住心惊胆战，手里的帕子，绞得像个麻花一样。

乾隆和众人，看得惊呼不断。

尔康将轻功和武术结合，时而飞跃，时而踢脚，时而挥拳，时而在前，时而在后，打得朗卡应接不暇。紫薇、金琐、小燕子都忍不住喊叫起来：

"尔康！努力啊！"

"尔康少爷，胜利！胜利！"

"尔康！给他一个连环踢！让他见识见识你的本领！打呀！打呀！"

塞娅情急，中文已经不灵了，西藏话叽里呱啦喊个不停。

场中，两人再一阵激烈缠斗，朗卡就被打倒在地。

小燕子高兴得快昏倒了，双手伸向天空，大叫：

"这才叫高手！这才叫胜利！"

塞娅脸色一变，回头大喊：

"班九！"

班九应声而出，再度和尔康交手。奈何尔康的武功实在太强了，没有多久，班九就被撂倒。接着，藏族的武士就一个挨一个地出场，尔康从容应战，左摔倒一个，右摔倒一个。乾隆和众大臣，得意在心，都面带微笑，巴勒奔看得纳闷。小燕子如疯如狂，塞娅逐渐没有声音了。

终于，尔康摞倒了最后一个敌人。

巴勒奔大笑说：

"哈哈哈哈！皇上！大内高手，毕竟不凡，我们认输了！"

塞娅大叫：

"谁说的？我们还有高手！"

塞娅喊完，已经飞身入场，落在尔康对面了。乾隆等人，都发出惊呼。小燕子一个起身，就想效法，尔泰死命抓住了她。

"你不要去！先看看这个塞娅功夫如何？"

尔康见塞娅飞身而下，摩拳擦掌对着自己，想到对方是公主，又是女子，不敢应战，就抱拳说：

"臣福尔康不敢和公主交手，就到此为止，好不好？"

尔康话未说完，塞娅一声娇叱，怀中抽出一条金色的鞭子，闪电般地对尔康脸上抽去。

尔康大惊，急忙闪避，已是不及，脸上被鞭尾扫到，留下一条血痕。

紫薇、小燕子、金琐发出惊呼。

尔康尚未站稳，塞娅连续几鞭，鞭鞭往尔康脸上招呼。尔泰忍不住大喊：

"不要客气了，拿出本领来打吧！"

小燕子也大喊：

"尔康！你在干什么？看人家长得漂亮，舍不得打吗？"

尔康心中也有气，被众人一叫，不再留情，欠身上去，要夺塞娅手里的鞭子。但是，那塞娅竟然功夫高强，鞭子舞得密不透风。

两人蹿来蹿去，飞上飞下，打得煞是好看。

紫薇、小燕子、金琐、乾隆、尔泰、永琪和众人看得目不暇接，惊呼不断。

忽然间，塞娅一个疏忽，手中鞭子已被尔康夺走。

尔康此时收了鞭子，弯腰一鞠躬，说一声：

"公主好身手，承让了！"

谁知，塞娅一脚就踢向尔康的面门，大吼着：

"什么叫'承让了'，听不懂！哈哩呜啦……"又是一串西藏话。

尔康一个后翻，避掉了这一脚，心里实在生气，无法客气了，鞭子出手，"忽"的一声，卷掉了塞娅的帽子。

塞娅却越战越勇，继续拳打脚踢。尔康再一鞭挥去，卷掉了塞娅左耳的一串耳环，接着再一鞭挥去，又卷掉塞娅右耳的耳环。

巴勒奔看得佩服不已，问乾隆：

"这个勇士是谁？"

"他是福尔康,是朕身边的御前护卫!是福伦大学士的长公子!"

"好功夫!好!好!上等的好!"

此时,塞娅脖子上的项链,也飞上了天空。尔康一个旋转,姿态美妙地接住项链,捧给塞娅,问:

"还要打吗?"

塞娅接过项链,接过鞭子,对尔康终于心服口服,抱拳而立,嫣然一笑:

"勇士!塞娅服了!"

塞娅飞身回到看台,对巴勒奔叽里咕噜,说了一句话。

巴勒奔仰天大笑。

"哈哈哈哈!塞娅碰到对手了!满人的武功,真是名不虚传!"

乾隆高兴极了,也哈哈大笑了:

"哈哈哈哈!这西藏人,也是身手不凡啊!连一个小公主,都让人刮目相看呢!"

乾隆和巴勒奔,就彼此欣赏地大笑不已。

比武过去了,尔康、尔泰和永琪还是忙不完,整天见不着人影。

这天,令妃来到漱芳斋,蜡梅、冬雪手里各捧着一摞新衣跟在后面。"小燕子!紫薇!这是给你们两个新做的衣裳!皇上说,最近难免会有一些宴会喜庆,怕你们两个无聊，要你们也参加！这些新衣裳，是特别赏给你们的！"

"喜庆？什么喜庆？都是为了那个西藏土司，是不是？这西藏土司也真奇怪，他的西藏都不要管吗？跑到北京来，待了这么久，还不回去？"小燕子说。

"看样子，他们是'乐不思蜀'了！"令妃微笑。

"就算'乐得像老鼠'，也得回家啊！"小燕子冲口而出。

金琐上前，接过了那些新衣服，惊呼：

"好漂亮的新衣服！"

令妃仔细地看紫薇，话中有话地说：

"只怕不只新衣服，以后各种赏赐，都会源源而来了！你这一生，穿金戴银，富贵荣华，是享用不尽了！"

紫薇惊看令妃，震动无比：

"娘娘，您在说奴婢吗？"

令妃走过去，更仔细地看紫薇，眼神里有着羡慕，有着赞叹，有着微微的妒意，也有真诚的怜惜。那是一种复杂的眼光，带着认命的温柔。她伸手帮她把一根发簪簪好，细声细气地说：

"听说，皇上特许你不说'奴婢'两个字。在皇上面前，你都不是'奴婢'，在我面前，又怎么用得着这两个字呢？以后，都是'你我'相称吧！"

"奴婢不敢！"紫薇惊喊，觉得有些不对了，心里着急。

令妃叹口气，深深地看紫薇：

"你为皇上，挡了那一刀，你不只是皇上心里的'贵人'，你也是我的'恩人'了！皇上心心念念，惦记着你！只怕你在这漱芳斋，也住不久了！"

小燕子和金琐，正低着头泡茶，两人互看，眼光里都是惊疑。小燕子急忙说：

"我和紫薇，在这个漱芳斋已经住惯了，我们不要搬家，也不要分开！娘娘，你跟皇阿玛说一声，不要麻烦了！我和紫薇，是公不离婆，秤不离砣！"

令妃啼笑皆非，笑着骂：

"什么公不离婆，秤不离砣？你迟早要嫁人的，难道紫薇还跟你一起嫁？"

"嫁什么人？嫁什么人？"小燕子呆了呆，急问。

"那我就不知道了，只听到皇上这些天，都在念叨着要把你指婚呢！"

小燕子、紫薇、金琐都惊慌起来。指婚？不指错才怪！三人还来不及说什么，令妃整个情绪都系在紫薇身上，看着紫薇说：

"紫薇，你缺什么都跟我说，要用钱，也跟我说，身体不舒服也告诉我，我会照顾着你的，总之，当初是我把你引进宫来，在我心里，你就跟我是一家人一样！你不要和我见外啊！"

紫薇听到令妃话里大有玄机，更加心慌意乱，不安极了：

"娘娘说哪里话！娘娘一直对我和小燕子，都照顾得不得了，我们充满了感恩，怎么还会见外呢！"

"那就好！我已经去给你打首饰了，改天再给你送来！皇上这些日子，忙着那个西藏土司，恐怕没时间过来，很多事，都得等西藏土司走了才能办！可是，这个塞娅格格，说不定要嫁到咱们家来，那就又要先办塞娅的事了！"

"嫁到咱们家来？她要嫁给谁？"小燕子惊问。

"你们还没听说吗？巴勒奔看上咱们了，想把塞娅嫁到皇室来，皇上想解决西藏问题，他们谈得好投机！所以，五阿哥和福家兄弟每天陪着塞娅东逛西逛。今天听皇上说，现在是八九不离十，要把塞娅配给五阿哥！准备在这个月底，或者下个月初，就办喜事！"

小燕子整个人惊跳起来。哐啷一声，手里的茶杯茶壶，落地打碎了。一壶热茶，全都泼在手上，小燕子痛得直跳。

紫薇急忙跑过去，抓着小燕子的手。

"金琐！明月！彩霞……快拿'白玉散热膏'来！"紫薇急喊。

令妃看着这慌慌乱乱的几个人，怎么回事？自己已经明示暗示了，紫薇还是一脸的糊涂，连个笑容都没有。

这个小燕子更加古怪，泡个茶都会烫到手！她站在那儿，纳闷极了。

令妃一走，小燕子就对着桌脚一脚踢去，嘴里激动地喊：

"有什么了不起？结婚就结婚嘛！谁稀奇？谁在乎？怪不得这么多天连影子都看不见，原来是陪小公主去了！有种，就永远不要来见我！永远不要跟我说话！"

金琐和紫薇一边一个，拿起她烫伤的手，忙着给她上药。金琐急急地安慰着说：

"你先不要急，这个事情只是令妃娘娘说说，到底是真是假，还大有问题！那个塞娅凶巴巴的，又是西藏人，皇上不会要她做媳妇吧！"

小燕子气呼呼地喊："为什么不要，人家好歹也是个公主啊！"

紫薇皱皱眉头，认真地说：

"公主又怎么样呢？只要五阿哥不愿意，皇上也不会勉强他的，到底是婚姻大事嘛！现在，不过是皇上和西藏土司两个人在打如意算盘，五阿哥大概根本搞不清楚状况！等他来了，我们再问个清楚，现在，不要莫名其妙就跟自己过不去！"

小燕子跳起身子，手一甩，把金琐手中的药膏也打到地上去了。她满房间走着，怒气冲冲：

"什么不清楚状况？我看他早就知道了！我看他高兴

得很！以前，他只要有时间，就往我们这个漱芳斋里跑，现在，几天都没露面了！他这个毫无心肝的东西，只会骗我，只会哄我。等到有个真正的公主一出现，我就不够看了！哼！他一定等不及要当西藏土司的驸马爷了！"越说越气，眼睛就红了，"没关系！赶明儿，等那个'生姜王'来的时候，我去给人家当媳妇！"

"你说些什么嘛！把事情弄清楚再生气，也来得及呀！"紫薇说。

小燕子满房间绕圈子，拼命呼气：

"我受不了！我受不了！"

"不会啦！你不要这样，我觉得五阿哥对你，是一片真心，你不要冤枉他！你看……"金琐捡起药膏，"这个药膏还是五阿哥送来的呢！你一天到晚受伤，他把所有进贡的药膏都往这儿搬……"

金琐话未说完，小燕子冲了过去，抢过药瓶，就扔到窗子外面去了。

不料，窗外传来"哎哟"一声，金琐伸头一看，大叫：

"打到曹操的头了！"

"什么曹操的头？还诸葛亮的头呢！"小燕子没好气地喊。

紫薇也伸头一看。

"真的！真的！是'赛过诸葛亮'来了！是他们三个

臭皮匠！"

小燕子也冲到窗前一看，窗外，永琪、尔康、尔泰正急急走来。

小燕子反身就对外冲去。

永琪和尔康、尔泰，这一阵子，确实整天陪着塞娅。这个塞娅，永远精神抖擞，花招百出，片刻都不肯安静，一会儿逛街，一会儿买东西，一会儿吃小吃，一会儿看露天戏……什么都稀奇，什么都要玩。白天玩完了，还要逛夜市，把三个人累得惨兮兮。

好不容易，这天，大家抽了一个空，到漱芳斋来看紫薇和小燕子。

谁知，小燕子直奔过来，就不由分说地把他往外面推去。

"你走！你走！你不要到我这个漱芳斋来！你去陪西藏公主好了！到这里来干什么？我不要听你胡说八道，不要再被你骗了！"大吼着，"你走！"

"这是干什么？好不容易，才抽一个空来看你们，你又摔东西，又赶人，是谁招你惹你了？"永琪愕然地问。

小燕子眼眶一红，怒喊：

"还有谁？就是你招我惹我！"回头对尔康、尔泰也一凶，咆哮地喊，"还有你们两个，根本就是帮凶！"

"帮凶？我们做了什么？"尔泰瞪大眼睛，奇怪极了。

"这到底是怎么回事？"尔康看紫薇。

"难道你们还不知道吗？听说，皇上要在你们三个之中，选一个人跟塞娅结婚！刚刚令妃娘娘来，说是皇上已经选定五阿哥了！"紫薇说。

永琪一个震动，往后连退了两步，尔康和尔泰也惊讶得一塌糊涂。

"不可能的！我一点都不知道！塞娅？皇阿玛要我和塞娅结婚？真的还是假的？"永琪怔怔地问。

小燕子跳脚：

"连日子都定了，马上就要举行婚礼了，你还在这里装模作样！你看你看！"跑过去把令妃送来的新衣一件件拉开，拉得满房间都是，"令妃娘娘连礼服都给我们送来了，说是参加你的婚礼要穿的……"

金琐忍不住插嘴说：

"格格，令妃娘娘不是这样说的……"

"就是！就是！她说'喜庆'，什么喜庆嘛！就是婚礼嘛！"瞪着永琪，"你已经要结婚了，你每天陪着那个小公主，乐得像老鼠……那么，你还来我这儿干什么？出巡的时候，一路上你都在骗我！现在，我不要再听你，不要再见你了！"

永琪呆呆地掉头看尔泰、尔康。

"难道是真的？"

"可能是真的！"尔康想了想。

尔泰恍然大悟了。

"现在我明白了，原来是这么一回事！我就说，真要保护塞娅，动用到我们三个，也有点小题大做，原来，是在为塞娅选驸马！"

紫薇看三人神色，知道事情确凿，不禁大急。

"五阿哥！事不宜迟，你马上去跟皇上说明呀！"

永琪愣了一会儿，抓起小燕子的手，就往门外冲去。

"我们一起去，反正皇上已经饶你不死，我们把一切都说清楚吧！"

尔康迅速地一拦。

"等一等！你的意思是要'真相大白'吗？"

永琪着急：

"不'大白'要怎样？紫薇也说了，事不宜迟，再耽误下去，我一定会被皇阿玛配给塞娅的！你们想想看嘛，除了我，只有六阿哥和塞娅能配，但是，皇阿玛只叫我陪塞娅，提都没有提六阿哥！那个塞娅，是巴勒奔的掌上明珠，他当然想配一个皇子，我逃不掉了！再不去，我真的逃不掉了！"

尔康顿时心乱如麻了：

"但是，这一个'真相大公开'不是一件小事，是一件大事，有好多'真相'要一件件去说明，现在，皇上哪有这个工夫来听？哪有这个心情来接受？哪有这个情绪来消化？那个西藏土司，还排了一大堆的节目，每天要按表行事！在这个乱军之中，我们公布真相，以时机来说，是不利极了！"

尔泰也急急地说：

"是啊！这件事对皇上一定是个好大的意外。他的反应会怎样，我们还不能预料。有个西藏土司杵在这儿，他怎么有心情来处理家务事？无论如何，我们都应该等西藏土司走了再说！"

永琪大吼：

"来不及了！西藏土司还没走，我就被出卖了！"

金琐忍不住往前一站，说：

"五阿哥，这件事我们只是听到令妃娘娘在说，是不是真的还没确定，你为什么不先去确定一下，再来商量要不要说呢？"

"是啊！金琐说得对！我们每次就是不够冷静！事情一发生就乱成一团！五阿哥，你先去问明白再说吧！"尔康点头。

永琪怔着，被点醒了，转身就跑。

片刻以后，永琪就气急败坏地跑回来了，带来的是另一个爆炸般的讯息：

"确实要联姻，但是，新郎不是我，是尔康！"

尔康大惊，不相信地喊：

"不是五阿哥？是我？"

"是的！是你！听说，皇阿玛本来要把塞娅指给我，可是人家塞娅看上了你，巴勒奔坚持要你！皇阿玛起先还不愿意，说你是他准备指给小燕子的人选，不能让贤！后来拗不过巴勒奔，就同意了！你阿玛想为你解围，皇阿玛就大发脾气，说是已成定局！要你'奉旨完婚'！"

紫薇踉跄一退，脸色惨变，金琐急忙扶住她，就喊了起来：

"现在，已经没有办法顾那么多了，是不是？不管时机好还是不好，小姐呀，你不能再耽搁了！快去跟皇上说明白吧，反正，迟早是要说的，拣日不如撞日，干脆就是今天，把什么都说出来吧！否则，误会重重，各种问题都会发生的！"

永琪也喊着说：

"我们一天到晚，顾虑这个，顾虑那个，几次话到嘴边，又咽了回去，现在，情况已经很危急了！我们面对的问题，像波浪一样，一波一波地卷过来，避得了这个危机，避不了下一个危机！我们如果一直优柔寡断，什么问题都解决不了！我看，金琐说得对，拣日不如撞日，算是天意，我们让真相大白吧！"

紫薇看着小燕子，脸色苍白，神情惶恐：

"让我再想一想……"

小燕子跳起身来，往门外拔脚冲去，边跑边叫：

"想什么想！再想下去，尔康就变成西藏驸马，你也变成娘娘了！不能再想了！你想来想去，还是为了保护我！我受不了了！我要把所有的事都说出来，管他时机对不对，管他后果会怎样，反正，我想明白了！要头一颗，要命一条……"

大家追在小燕子背后，大喊：

"小燕子！你去哪里？"

"我去御书房，我去找皇阿玛！"

"要去一起去！慢一点呀……"

永琪一拍尔康：

"尔康！振作一点，遮不住了！大家一起去见皇上吧！小燕子这么激动，怎么说得清楚啊……"

尔康点头，拉住紫薇的手，追在小燕子后面就跑，于是，永琪、尔泰、金琐都放开脚步，一起奔出了漱芳斋。

# 第二十四章

乾隆不在御书房，他正带着皇后、令妃和众多妃嫔，陪着巴勒奔和塞娅，在御花园中散步参观。

"巴勒奔，从此，我们等于是亲家了！今晚，朕在大戏台点了几出戏，让你们见识见识我们的戏剧！"乾隆说。

巴勒奔兴高采烈地对塞娅说：

"塞娅，你的中文不行，要做皇家的媳妇，一定要学中国的文化，看戏，是第一步，知道不知道？"

塞娅毫不羞涩，也兴高采烈地回答：

"知道了！还要学跪，这皇宫里的女人，见了谁都要跪！真是奇怪！"

令妃不禁掩口一笑，对乾隆低语：

"这个塞娅公主，和咱们的还珠格格，有点儿异曲同工呢，将来，一定会成为好朋友！"

皇后冷哼了一声，乾隆不悦地扫了皇后一眼。

巴勒奔问乾隆：

"这个还珠格格，就是你本来要配给尔康的那个格格吗？"

"正是！"

"塞娅！你好眼光！你选中的这个勇士，是从人家格格手里抢下来的，你要珍惜一点，以后，不要太凶！"巴勒奔大笑说。

"我一点都不凶！我呜啦呜啦……"塞娅一串西藏话溜出口。

大家听不懂，见塞娅谈到婚事，毫不羞涩，当仁不让，不禁啧啧称奇。

正在此时，小燕子像一支箭一样，飞快地射来。后面跟着尔康、尔泰、永琪、紫薇、金琐。小燕子一眼看到乾隆，就凄厉地、坚决地、不顾一切地大喊：

"皇阿玛！我有事要告诉你，你不可以把尔康配给塞娅！"

乾隆和众人大惊失色。

巴勒奔一震，眉毛倒竖。塞娅立刻备战起来。

"是不是就是这个格格？"巴勒奔问乾隆。

乾隆见小燕子这样没礼貌，真是气坏了，怒喝一声：

"你疯了吗？你有没有看到有贵宾在场，这样大呼小叫，成何体统？有话，明天再说！"

"不能明天再说了！皇阿玛，如果你把尔康配给塞娅，你会后悔的！你赶快告诉她，不行不行呀！你不能把西藏土司的女儿，看得比你自己的女儿还重要！"

这句话一出口，大家都以为小燕子舍不得尔康。皇后忍无可忍，挺身而出了：

"这样没上没下，不知羞耻！公然跑出来和西藏公主抢丈夫，皇上！你还能坐视小燕子败坏门风吗？"

乾隆脸上挂不住，实在太生气了，怒喊：

"来人呀！把还珠格格抓起来！"

永琪、紫薇、尔康、尔泰、金琐纷纷赶到。紫薇对乾隆"扑通"一跪：

"皇阿玛！我们大家有话禀告！请屏退左右！"

乾隆怒极，一个不懂规矩的小燕子，现在又来一个不懂规矩的紫薇！他大吼：

"紫薇！你也跟着小燕子发疯？这儿有贵宾在，什么禀告不禀告？'左右'全是你的长辈，如何'屏退'？简直放肆！"

紫薇见皇后、妃嫔全部在场，还有巴勒奔和塞娅，实在不是说话的时候，当机立断，一步上前，死命抓住了小燕子，哀声急喊：

"格格！这不是说话的时候，皇上正在招待贵宾……你什么都别说了！我求求你，赶快回去吧！"

金琐看看局势，情迫无奈，只得上前去拉小燕子：

"格格，你听紫薇的话吧！没有想到是这个状况，还是先回去再说吧！"

小燕子拼命挣扎，含泪看乾隆：

"不行不行，再不说，尔康就给那个塞娅抢去了！"

这时，塞娅已经忍无可忍，一声娇叱，飞身向前，对小燕子挑衅地喊：

"原来是你！你就是还珠格格？那天跟我比嗓门，今天跟我抢驸马，没有关系，你赢得了我手里的鞭子，尔康让给你！"

唰的一声，塞娅鞭子出手。

小燕子气得快要发疯了，挣脱紫薇，狂叫着一头向塞娅撞去。

"你这个莫名其妙的公主，难道西藏都没有男人？你要到我们这儿来抢人家的丈夫？打就打，谁怕谁！"

塞娅没料到小燕子会用头撞过来，一时后退不及，竟被小燕子撞个正着。小燕子力道又猛，塞娅摔跌在地。她立刻翻身而起，大怒，鞭子唰唰唰地扫向小燕子。小燕子怒火腾腾，势如拼命，拳打脚踢外带头撞，无所不用，两人竟大打出手。

乾隆大喊：

"这是什么样子！来人呀！"

众侍卫应声而出。

孰料，巴勒奔伸手一挡，兴趣盎然地说：

"好！好！你的还珠格格好勇敢！是一等一的格格！生女儿就要这样，不能退让！好极了！让她们打，让她们用真功夫来抢驸马！我们谁也不要帮忙，看她们谁赢？"

乾隆愕然。众人更是惊诧无比。

永琪、紫薇、尔康、尔泰、金琐都急死了，明知道小燕子不是塞娅的对手，却爱莫能助，无可奈何，眼睁睁地看着两人对打。

小燕子已连连挨了几鞭，被塞娅逼得走投无路，忽然大叫道：

"我不打了！不打了！停止！停止！"

塞娅收鞭，问：

"你输了？"

小燕子嘴里"哇……"地大喊，闪电般直扑上去，抱住塞娅，两人滚倒于地。小燕子双手紧紧勒住塞娅的脖子，大叫：

"谁输了？我是那个什么兵什么诈！"

塞娅气坏了，嘴里用西藏话叽里咕噜大叫，被小燕子勒得透不过气来。

"你输了没有？你输了没有？"小燕子喊，手下松了松。

塞娅乘机，一口咬在小燕子胳臂上。

"哎哟……"小燕子甩手。

塞娅立刻翻身而起，这一下不再客气，鞭子毫不留情地抽向小燕子，小燕子躲来躲去躲不掉，被打得好惨。

尔康再也看不下去，闪身切进两人中间，伸手握住鞭子，鞭子立刻动弹不得。

"好了！够了！不许再打了！"尔康喊。

塞娅一看是尔康出手，立即嫣然一笑：

"是你，我只好算了！"她收鞭跃出身子，退向巴勒奔身边。

小燕子脸上手上都是伤，好生狼狈。紫薇和金琐立刻上去扶住她。

"好了！不要再胡闹了！小燕子，你立刻回漱芳斋去，给朕闭门思过！"乾隆见小燕子被塞娅打得那么狼狈，心中不忍。想到她会为尔康出来拼命，一定早已两情相悦，就更加后悔起来，这件婚事，是自己决定得太快了，对不起小燕子。这样想着，声音里已经透着怜惜："回去吧！把自己弄弄干净，晚上来看戏！"

小燕子哀怨已极地看了乾隆一眼，心里涌出千言万语，金琐和紫薇拼命想拖走她。小燕子死命地挣扎，泪流满面，终于，还是不顾一切地喊出声：

"皇阿玛！我不是为了自己在抢尔康，我是为了紫薇啊！看在人家为你挨刀子的分上，你还不能给她一个丈夫吗？"

乾隆大惊，震撼到了极点，简直不相信自己的耳朵，惊叫着：

"什么？你说什么？"

小燕子还想说什么，紫薇一把蒙住了小燕子的嘴，拼命把她拖走。

但是，乾隆已经太震动了，眼光直勾勾地停在紫薇身上，厉声喊：

"回来！你们说清楚！这到底是怎么回事？"

紫薇眼睛一闭，放手。小燕子挣脱紫薇，对乾隆一跪，豁出去了，流泪喊：

"皇阿玛！我骗了你！我不是你的女儿，我不是格格！真正的格格是紫薇啊！是紫薇啊！她才是夏雨荷的女儿呀！"

"什么？什么？"乾隆越听越惊，混乱极了。

皇后、令妃、众妃嫔全体大惊，顿时你看我、我看你，惊呼连连。

巴勒奔和塞娅，听得糊里糊涂，满脸困惑。

紫薇再也无法逃避了，走上前去，在小燕子身边，对乾隆跪下，仰着头，她凄楚地看着乾隆，温温婉婉、清清脆脆地说：

"我娘跟我说，如果有一天，我能见着我爹，要我问一句：你还记得大明湖边的夏雨荷吗？还有一句小燕子不知道的话：'蒲苇纫如丝，磐石是不是无转移？'"

乾隆跟跄后退，整个人都呆住了。

皇后听出端倪来了，往前一站，气势凛然地说：

"皇上！这种混淆皇室血统的大事，不能再草草了事，任凭她们胡说八道了！夏雨荷到底有几个女儿？怎么人人都来自大明湖？如果不把她们两个送宗人府调查清楚，如何塞住悠悠之口？"

乾隆怔在那儿，一任众人惊愕议论，却不知身之所在了。

片刻以后，大家都聚在御书房，听小燕子和紫薇说整个故事的来龙去脉。

乾隆居中而坐，皇后、令妃坐在两边。妃嫔环侍于后。小燕子、紫薇、金琐、尔康、尔泰、永琪全部跪在乾隆面前。福伦和福晋也被召来了，带着一脸的惶恐，肃立在小燕子等人身后。这，等于是一个"家审"。

小燕子把整个故事都说了，如何认识紫薇，如何一见如故，如何结为姐妹，如何姓了紫薇的姓，定了八月的生日，如何知道了紫薇的秘密，如何定计闯围场，如何因紫薇不能翻山而受托送信……小燕子说到最后，已经泪流满面。

"整个故事就是这样，我只是紫薇的信差，我不是格格，当时，是我糊涂了，没有马上说清楚。等到想说清楚的时候，就怎么都说不清楚了！其实，我跟每一个人说过，也跟皇阿玛说过，我不是格格，但是，没有人相信我，大家都警告我，如果再说不是格格，就要砍我的脑袋！就这样，我吓得不敢说，左拖右拖，就拖到今天这种状况了！"

皇后这一下，得意极了，威风极了，盛气凌人地一喊：

"你今天说的，就是真话了吗？我看你撒谎骗人，编故事，已成习惯！这是不是你们几个，串通起来，再编的故事？说！死到临头，不要再在这儿胡言乱语了！紫薇是格格？下次，会不会变成金琐是格格？你们到底准备了多少个假格格来蒙混皇上？简直荒唐透顶！到底真相是什么？你们的阴谋是什么？说！"

小燕子喊：

"我们哪有什么'阴谋'？我现在说的，句句是实话！"看着乾隆，求救地喊，"皇阿玛！你怎么不说话？"

乾隆情绪紊乱，大受打击。看着小燕子和紫薇，方寸已乱，甚至弄不清楚自己的定位，这个变化来得太大、太突然，几乎不是他所能承担的了。现在，听到小燕子喊"皇阿玛"，心中一痛，哑声地说：

"小燕子，紫薇，你们两个，居然这样把朕玩弄于股掌之上，朕如此信任你们，你们却这样欺骗朕！如果这些故事是真的，紫薇进宫的时候，为什么不讲？"

紫薇磕下头去，再抬头看乾隆，盈盈含泪：

"皇上，在不能确保小燕子的生命以前，我怎么能说呢？虽然，我好想认爹，可是，我不能让小燕子死啊！小燕子糊里糊涂，可是，我不糊涂，我知道欺君大罪，是多么严重！我没办法，我不能讲啊！但是，每当皇上问起我娘的时候，我都曾经暗示过您啊！"

皇后生怕乾隆又被两个丫头说服，立刻眼神凌厉地看乾隆，有力地喊：

"皇上！难道您相信他们现在编的这个故事？您相信小燕子不是格格，紫薇是格格？您已经错过一次，不要一错再错！现在，已经闹得西藏土司都知道了，您是不是要让全天下的人看笑话！"

令妃忍无可忍，插口说：

"皇后娘娘，您让皇上自己定夺吧！毕竟，皇上的事，只有他自己最清楚！"

皇后头一转，锐利地看令妃，正气凛然，声色俱厉地说：

"你说的是什么话？当初，我就说小燕子不可能是格格，一定是个冒牌货！可是，是谁对皇上说，她眼睛眉毛都像皇上？是谁力保她是龙种？今天，闯下这种大祸！小燕子是死罪，这造谣生事、蒙骗皇上的人，比欺君大罪，更加可恶！现在，你还要用你那三寸不烂之舌，来继续迷惑皇上吗？"

令妃一惊，听皇后说得头头是道，更加害怕，低头不语。

永琪就磕头喊：

"皇阿玛！请听我说，这整个故事里，没有一个人有坏心，虽然骗了皇阿玛，大家都极力在让皇阿玛快乐呀！小燕子和紫薇，不曾害过皇阿玛，她们两个，用尽心机，都在让皇阿玛高兴啊！"

乾隆陷在一种自己也不了解的愤怒里，低沉地一吼：

"福伦！你们一家人早就知道了秘密，为什么不说？"

福伦一颤，惶恐地躬身说：

"皇上，实在情非得已，有太多的顾忌呀！"

福晋见皇后咄咄逼人，乾隆却阴沉郁怒，许多话，再也不能不说了。

"皇上，请听臣妾说几句话，当时，我们对紫薇的身份，也是半信半疑，除了把她收留在府里，慢慢调查之外，不知道有什么路可走！等到小燕子偷溜出宫，两个姑娘见了面，咱们才确定了这件事！接着，我们千辛万苦，把紫薇送进宫，让两个格格，都陪伴在皇上身边……您没有损失呀！而我们大家，已经用心良苦了！虽然是'欺君'，也是'爱君'呀！"

尔康也说话了：

"皇上，请您仔细想一想，我们当初发现了紫薇，知道两个格格，有了错误，我们原可以杀了紫薇，保持这个永久的秘密！我们没有这样做！我们也可以把紫薇送到天边去，让她永远接触不到皇上，我们也没有这样做！把紫薇留下，再把紫薇送进宫，这里面固然有臣的无可奈何，但是，最重要的，是紫薇对皇上的一片爱心，让人无法抗拒呀……"

皇后把桌子一拍，怒喊：

"放肆！福伦一家四口，联合令妃，做下这样瞒天过海的事！现在东窗事发，还不知道悔改，口口声声，还在那儿混淆视听，搅乱皇上的判断力！简直罪该万死！"就锐利地看乾隆，自有一股气势，"当初臣妾'忠言逆耳'，一再得罪皇上，力陈不可信赖还珠格格。皇上不信！现在，臣妾不能不再度陈辞，这整个故事，荒谬绝伦！皇上不要再被他们几个骗了！"

乾隆看着众人，眼底沉淀着悲哀和愤怒：

"皇后说得对！朕不能一错再错，由着你们大家骗来骗去！你们的故事，漏洞百出，朕一个字也不要相信！"

小燕子大急，哀声痛喊：

"皇阿玛，你为什么不相信我们？紫薇是你的女儿呀，是你嫡亲嫡亲的女儿呀！你可以不认我，你怎么能不认紫薇呢？"

尔康也大喊：

"皇上！想想紫薇为您挨刀的事吧！是什么力量，让她用血肉之躯，去挡那一把刀？想想她说过的话，做过的事吧！我们一个个旁观者，全都看得清清楚楚，难道您真的不明白……"

皇后当机立断，对乾隆大声说：

"今天，只是一个'家审'，臣妾以为，到此为止，他们狼狈为奸，已经是逃不掉的事实了，如何定罪，如何审判，自有宗人府去裁决！不如把他们都交给宗人府关起来！"

令妃大惊，喊：

"皇上！您要想明白啊！福伦一家，对国家屡立战功，是您钟爱的臣子，尔康更是西藏土司选中的驸马，您不要因为一时生气，让亲者痛、仇者快呀！"

皇后怒喊：

"令妃！你妖言惑众，现在，还不住口！应该一并送去查办！"

乾隆见皇后和令妃又吵了起来，感到头昏脑涨，就拂袖而起，沉痛昏乱地喊：

"都不要说了！来人呀！先把紫薇和小燕子送到宗人府去关起来！福家四口，暂时回府，再做定夺！"

乾隆此话一出，小燕子、紫薇、金琐、尔泰、尔康、永琪全部脸色惨变，小燕子顿时凄厉地大喊起来：

"皇阿玛！你砍了我的头吧！我不要我的脑袋了，一切都是我的错，我虚荣，我受不了诱惑，我欺骗了你和紫薇……可是，紫薇有什么错？你把我们都送宗人府，是要把我们两个都砍头吗？你怎么可以这样？"一面说着，一面爬了起来，冲上前去，抓着乾隆的衣服，拼命摇着，"皇阿玛！你醒一醒！紫薇有什么错？有什么错……我一个人的脑袋还不够吗？"

乾隆大喊：

"来人呀！"

侍卫一拥而入。

乾隆指着小燕子和紫薇：

"把她们两个抓起来！"

尔康跳起身子，脸色雪白，眼神鸷猛：

"皇上！请三思！"

乾隆指着尔康，恨恨地喊：

"你敢反抗！我不管你是不是西藏土司选中的驸马，你们……"指着福伦福晋小燕子紫薇等人，"如此欺上瞒下，全部死罪难逃！"

福伦大惊，急扯尔康的衣服，要尔康不要再说了。尔康看着老父老母，心碎了，再看紫薇和小燕子，不知道该怎么办才好，惶急之下，额汗涔涔了。

这时，侍卫们早已冲上前去，把小燕子和紫薇，牢牢抓住。紫薇生怕尔康反抗，抬头喊着：

"福大人、福晋、尔康、尔泰，我谢谢你们的诸多照顾！请大家，为我珍重！"又转眼看乾隆，"皇上，我可不可以再说一句话？"

"你说！"乾隆仍然无法抗拒紫薇的请求。

"上有天，下有地，我对皇上，苍天可表！我死不足惜，我娘会在天上接我，我不会孤独！但是，在我拔刀之前，您已经答应我，饶小燕子一死！君无戏言！有好多人为证！您，杀了我，放了小燕子吧！"

乾隆怔着，拔刀一幕，仍然历历在目。

这时，金琐发出一声凄厉的狂喊，扑上前来，扯住了紫薇的衣服，哭喊着：

"小姐！小姐！你说些什么啊？你不能用你的脑袋，去换小燕子的脑袋！如果皇上一定要砍一个人的脑袋才能消气，那么，请砍我的脑袋吧！我是丫头，我身受夏家重恩，我是夏雨荷养大的，跟皇上好歹有些瓜葛！让我为她们两个死！砍我的脑袋……饶了她们两个吧……她们没有害人，只是抢着要做皇上的女儿啊……"

皇后怒喊：

"把这个金琐，一起关起来！"

"喳！"

侍卫奔上前来，又抓住了金琐。

尔康、尔泰、永琪面面相觑，大家都明白，乾隆现在在气头上，谁说话谁倒霉。皇后又虎视眈眈，一心要把大家一网打尽。这个关口，恐怕说什么都错。就彼此以眼神示意，警告对方不要冲动。

乾隆看着三个女子，心里的混乱，没有片刻平息。他不知道自己现在是爱她们，还是恨她们，只觉得自己突然像泄了气的皮球，苍老、感伤，而且抑郁。他凝视着这三个女子，郁闷地说：

"没有任何一个人，要你们的脑袋，你们不必自作聪明！闯了这么大的祸，死罪能逃，活罪难免！不管你们的故事是真的还是假的，你们要经过宗人府的调查和审判！朕不愿再用朕的'感觉'，来判断这件事！只怕朕的'感觉'都是错的！你们什么都不要说了！去牢房里彻底悔悟吧！"就挥手对侍卫喊道，"拉下去！"

小燕子就惊天动地般地大喊起来：

"皇阿玛！你会后悔的！皇阿玛，你放了紫薇呀，放了金琐呀……她们都是被我害的……皇阿玛，不是说'人不独亲其亲，不独子其子'吗？别人的孩子都可以认，你到底为什么不认紫薇啊……为什么不认紫薇啊……"

金琐也痛喊着：

"皇上！皇上！紫薇有您的诗，有您的画，血管里流的是您的血啊！您要让夏雨荷在人间的时候，哭不停，到地下以后，还哭不停吗？"

紫薇到了这个时候，已经不再激动了。她镇静地、庄重地说：

"金琐，小燕子，你们省省力气吧！有我跟你们去做伴，不好吗？我们有福同享，有难同当啊！"说着，竟然笑了，回头深深看乾隆，清清楚楚地、幽幽柔柔地问，"皇上，您的心那么高高在上，习惯了众星捧月，竟不习惯人间最平凡的亲情了吗？"

乾隆大大地震动了，瞪着紫薇。

皇后急喊：

"拉下去！统统拉下去！"

小燕子、紫薇和金锁就被侍卫们拉下去了。

尔泰、尔康、永琪直挺挺地跪着，咬牙不语。

牢门"哗啦"一声拉开。

小燕子、紫薇和金锁就相继跌进牢房。

门又"哗啦"关上。接着，铁链一阵"哐啷"响，铁锁再"咔嗒"锁上。

小燕子跳起身子，扑到铁栏杆上，拼命摇着，喊着：

"放我们出去呀！我不要被关起来，我不要不要啊！"对狱卒伸长了手，哀声喊，"你们去告诉皇上，我还有话要跟他说……"

狱卒粗声粗气地撂下一句：

"皇上？我劝你免了吧！进了这种地方，就等死吧！一辈子都见不着皇上了！"

狱卒说完，头也不回地走了。小燕子不禁哭倒在铁栏杆上：

"怎么会这样呢？怎么会这样呢？我不信不信啊！"

紫薇和金锁走过去，一边一个，扶住了小燕子。紫薇掏出手帕，不停地给她拭泪，安慰着她说：

"不要哭了，不要伤心了！这是我们的命，认命吧！"

小燕子反手抓着紫薇的衣襟，哭着说：

"我不能认命，我不要认命，我想不通，皇阿玛为什么变得这么狠心？就因为我们骗了他，我们所有的好处，就跟着不见了吗？"说着，就痛悔起来，"都是我不好，你们都说今天时机不好，什么都不能说，我就是不信邪嘛！我就是急，就是毛躁嘛！我害死你了，还害了金琐……"

这一说，金琐就跟着哭了：

"是我是我！最沉不住气的就是我！说什么'拣日不如撞日'，才会把大家都撞进鬼门关里去……我应该拦着大家，我非但没拦，还拼命煽火……"

紫薇就张开双臂，一把抱住了二人，紧紧地搂着说：

"都不要哭了，也不要自己怪来怪去，该来的，总是会来，我们逃不掉！想想看，早说，晚说，总是要说的，对不对？好在，我们都关在一起，还能说话，还能聊天，将来如果不幸，一起上断头台，黄泉路上，也有个伴。不用伤心了！到这儿来坐！"

紫薇将两人拉到墙角的草堆上。三人挤在一块儿，坐在地下。

金琐忽然惊跳起来，大叫：

"有蟑螂！有蟑螂！"

小燕子低头一看，地上，好多蟑螂正在乱爬。她忙着东躲西躲，又脱下鞋子，追着蟑螂打来打去。

"人倒霉的时候，连蟑螂都来欺负！"她气冲冲地说。

紫薇却好整以暇地坐着，抬头看了看，忽然一笑，念出一首诗来：

　　"走进一间房，四面都是墙。抬头见老鼠，低头见蟑螂！"她抬头看小燕子，"你当初作诗的时候，原来是有先见之明啊！"小燕子四面一看，脸上还挂着泪，就扑哧一笑："只有你，在这种情形下，还会逗我笑！"

　　乾隆整夜不能合眼，心情激荡起伏、奔腾澎湃。陷在一份自己也不了解的郁怒里。令妃悄悄看他，对于他的郁闷心里有些明白，却不便说破。见乾隆彻夜不眠，像个困兽般在室内走来走去。她不得不以待罪的眼神，祈谅地看着乾隆：

　　"皇上，您心里有气您就说吧！不要一直憋着。"乾隆这才一个站定，抬头怒视令妃，恨恨地说：

　　"令妃，朕是这样信任你，在众多嫔妃当中，把你当作真正的知己。即使皇后对你百般猜忌，朕明着偏袒，暗着偏袒，就是袒护定了你！而你却联合福伦家这样欺骗朕！你让朕闹了这么大一个笑话，以后在众多嫔妃之间如何自处，如何自圆其说？"令妃跪下含泪禀告：

　　"皇上！您错怪臣妾了！我跟您发誓，还珠格格是假的，这件事我也是到今天才知道！如果臣妾老早知道，就是有一百个胆子，也不敢欺瞒皇上！"

　　"你还要狡赖？紫薇和金琐，不是你引荐进宫的吗？"乾隆生气地说。

令妃见乾隆发怒，害怕了，痛喊着：

"皇上，紫薇和金琐虽然是臣妾引进宫来，但是臣妾跟您一样，什么内情都不知道，只以为是帮小燕子一个忙，让她的结拜姐妹，可以进宫来和她做伴，臣妾的动机，绝对没有丝毫恶意呀！"

"动机！动机！现在你们每个人跟朕谈动机！好像你们每个人的动机都是好的，都是没错的，都是情有可原的！但是……却把朕陷进这样的困境里……"他的声音低了下去，哀伤而迷惘，"这两个丫头，只有十八九岁，不管谁是真的，谁是假的，或者，都是假的……她们两个，却骗了朕的感情、朕的信任，把朕骗得团团转，骗得好惨！她们居然敢这样明目张胆地骗朕，一骗再骗！"

令妃低垂着头，一句话都不敢说了。

"最可恶的是，她们两个，一个看来天真烂漫，一个看来玉洁冰清，私生活却乱七八糟，到处留情！"就一咬牙，"皇后说得对，朕不能再凭感情来做事！如果朕不治她们，实在难消心头之恨！让她们在宗人府，尝尝当格格的滋味！"

令妃对乾隆那种矛盾的感情，尴尬的处境，被骗的伤害，和真相大白带来的震撼……其实是很了解的。乾隆最难受的，应该是紫薇在他心里的地位，突然从"娘娘"变成了"格格"，他一时之间，实在不能适应吧！但是，这种复杂的心情，除了乾隆自己来调适以外，任何人都不能说话。她低头不语，想着身陷牢狱的紫薇和小燕子，心里难过极了。

尔康和永琪一早就来求见乾隆，两人也是彻夜未眠，神情憔悴。一见到乾隆，两人就对乾隆双双跪倒。永琪直截了当，诚诚恳恳地、发自肺腑地说：

"皇阿玛！今天我和尔康跪在这儿，为两个我们深爱的女子请命！自从出巡以来，我相信皇阿玛已经看得非常清楚，我和小燕子，尔康和紫薇，都早已生死相许，情不自禁了！请皇阿玛看在她们两个的好处上，原谅她们的错！放她们出来吧！"

乾隆大震，眼光锐利地看着永琪和尔康，怒不可遏了：

"生死相许？情不自禁？你们两个，居然敢来跟朕说这八个字？你们不知道宫廷之中，女子的操守，是何等重要？以前，皇后就提醒过朕，你们在漱芳斋花天酒地，秽乱宫廷！是朕心存偏袒，没有听进去！现在，你们居然敢堂而皇之，跑来告诉朕，你们早已'生死相许'？小燕子和紫薇，本来只有欺君之罪，现在，再加上'淫乱'之罪！你们说，是可以饶恕的吗？"

尔康真情流露地喊了出来：

"皇上！首先，我一定要让您了解，我和紫薇、五阿哥和小燕子，我们'发乎情，止乎礼'，绝对绝对没有做出'越礼'的事来！两个姑娘都是洁身自好，玉洁冰清的！怎样也不能说她们'淫乱'啊！"

"玉洁冰清？会谈情说爱，私订终身，还说什么玉洁冰清？"

"皇上，这个'情'字，本来就不是'理法'所能控制，如果处处讲理，处处讲法，处处讲规矩，处处讲操守……那么，整个'还珠格格'的故事，都没有了！没有小燕子的误认，没有紫薇的存在，也没有我和五阿哥的痛苦和无奈了！"

尔康的话，字字句句，直刺乾隆的内心，乾隆恼羞成怒，一拍桌子，大吼：

"放肆！你的意思是说，这些错误，都是朕的错！"

尔康磕头，不顾一切地说：

"皇上，您也曾年轻过，您也曾'情不自禁'过！您的'情不自禁'，造成今天两个无辜的姑娘，关在大牢里，呼天不应，叫地不灵！她们最大的错误，不是撒谎，我们一生，谁不是在撒谎中长大？她们最大的错误，是千方百计要认爹啊！皇上，错认格格，并没有什么了不起，错杀格格，才是终身的遗憾啊！"

乾隆拂袖而起，怒上加怒，指着尔康，恨恨地说：

"尔康！你好大的胆子，居然敢公然指责朕！今天，如果不是你已经被塞娅选中，朕一定重重地办你！"

尔康磕头，坚定地说：

"臣不能娶塞娅公主！"

乾隆不敢相信地瞪着尔康：

"你敢'抗旨'？"

永琪急忙插口，诚挚地喊：

"皇阿玛！尔康是'情有独钟'啊！您也是'性情中人'，为什么不了解这份感情？不欣赏这份感情？不同情这份感情呢？"

乾隆被尔康和永琪，这样你一句、我一句，气得脸色铁青，吼着：

"大胆！你们两个，是要朕摘了你们的脑袋，才满意吗？滚出去！小燕子和紫薇，是朕的事，朕要怎样发落她们，就怎样发落她们，谁都不许求情！你们两个，如果再不收敛，朕一起治罪，绝不饶恕！滚！"

永琪和尔康互视，知道已经逼到最后关头，走投无路了。

那晚，紫薇、小燕子、金琐三个，被狱卒带进一间阴风惨惨的大房间里，她们几乎是被摔进房间的，三个人放眼一看，房里铁链铁环俱全，刑具遍地，这才知道到了"地狱"。在火炬的照射下，看到有个官员，坐在一张大桌子前面，后面官兵围绕肃立，杀气腾腾。桌子上，放着三份"供状"和笔墨。

那个官员，用惊堂木在桌上用力敲下，大喝道：

"呔！三个大胆妖女，你们从哪里来？冒充格格，是不是为了刺杀皇上？从实招来！"

金琐觉得声音熟悉，抬头一看，喊着说：

"是那个'太常寺'的梁大人啊！"

紫薇也抬头看，惊喊：

"小燕子！我们碰到老朋友了！"

小燕子一看，惊讶极了：

"这个梁大人还活着呀？他居然调到宗人府来了？"

紫薇看小燕子和金琐：

"大家心里有数吧，我们运气不好，冤家路窄！"

"什么'路宰'、不'路宰'！这个王八蛋早就该宰
了！"小燕子恨恨地说。

那个官员不是别人，正是当初被小燕子大闹婚礼
的梁大人。他见三人居然谈起话来，大怒，重重地一拍
桌子：

"大胆！你们嘴里说些什么？赶快过来画押！"就有
好几个狱卒，分别拽着三人，去看状子。小燕子看也不
看，对梁大人大笑：

"梁大人！你把人家的闺女抢去做媳妇，又把新娘子
弄丢了，这个案子，到底了了还是没了？你把新娘子赔
给人家没有？"

梁大人大惊，仔细看小燕子，想了起来，再看紫薇
和金琐，恍然大悟，跳起身子，大叫：

"原来是你们三个！不用审了，这是三个女贼！偷了
我家，大闹婚礼，劫走了我家的新娘，我和她们的账还

没算，她们居然还混到皇宫里去欺骗皇上！给我打！给我重重地打！"

梁大人一声令下，狱卒们的鞭子，就噼里啪啦地抽向三人。鞭子很快地打裂了衣服，在三人身上脸上，都留下了一道道血痕。小燕子大叫一声，跳了起来，就直扑梁大人。

"我把你这个狗官给毙了！"

好几个狱卒，身手不凡，迅速地抓住了小燕子，把她的头抵在地下，紧紧压着。

紫薇喊着：

"小燕子！好汉不吃眼前亏！"

梁大人神气活现地，绕着三个人走：

"这才像话！现在，赶快画押！画了押，我们大家都好交差，半夜三更，我也没时间跟你们耗着！"

狱卒们就押着三人，去看供纸。小燕子问紫薇：

"这上面写些什么？"

紫薇看着供状，念道：

"小女子夏紫薇、小燕子、金琐三人，串通了福伦大学士，以及令妃娘娘，混进皇宫，假冒格格，预备乘皇上不备之时，谋刺皇上……"念到这儿，紫薇不念了，仰天大笑起来，"哈哈哈哈！太可笑了！我从来没有看过这么好笑的东西，胡说八道到这种地步……哈哈哈哈！"

"你画押不画押？"梁大人怒喊。

小燕子对梁大人一口啐去，大骂：

"画你的鬼脑袋！画你的魂！画你的祖宗八代，你们全家通通不是人！全是狗脸猪身子蛇尾巴的怪物！"

小燕子骂得匪夷所思，梁大人气得七窍生烟。

"给我打！打到她们画押为止！"

鞭子又抽向三人。金琐痛极，大喊：

"你们要屈打成招吗？就是打死我们，我们也不可能画那个押的！小姐是什么人物，小燕子是什么人物？你们真的不在乎吗？"

梁大人走过来，用脚踏在金琐背上，用力一踩。

"啊……"金琐痛喊。

"我倒要看看，你们是什么人物？可以撒豆成兵吗？有三头六臂吗？"

"我们什么都没有！只有这一股正气！不论你怎么打，我们不画押，就是不画押！死也不画押……"紫薇正气凛然地喊。

"捉起她们的手来，给我画个符号就可以了！"梁大人吩咐狱卒。

狱卒就去拉扯三人的手。紫薇忽然说：

"算了！算了！我画押！"

狱卒扶起紫薇，紫薇握了笔，在整张状子上画了一个大叉，在后面写下"狗屁"两个大字。

梁大人走过来，"啪"的一声，给了紫薇一个耳光，力道之大，使她站立不住，跌倒在地。梁大人就用脚踹着她。金琐见状，狂喊出声：

"天啊……这还有王法吗？"

小燕子对梁大人挥拳摩掌，咬牙切齿地大叫：

"姓梁的，你给我记着，我会跟你算账的！你小心，我会在你身上刺它一百个洞……"

梁大人阴沉沉地笑了：

"好！我等着你。今天不招，还有明天！明天不招，还有后天！我们就慢慢地磨吧！看谁最后认输！"挥手对狱卒说，"先带下去！明天再审！"

狱卒拖着遍体鳞伤的三人出了刑房，又丢进牢房。

三个姑娘，赶紧彼此去看彼此的伤，忙着去给对方揉着、吹着。

小燕子痛定思痛，哭了：

"我不明白，皇阿玛怎么会把我们关到这个地方来？他真的不要我们两个了吗？在微服出巡的时候，他一路都那么高兴，对我们好得不得了！出巡回来，他还赏各种菜给我们吃，许我们'没上没下'，那个体贴温柔的皇阿玛，现在在哪里呢？"

紫薇沉思，有些了解地说：

"他在想着我们，他不知道我们的情况这么惨！这不是他的本意，那张供状，摆明了要把我们、福家和令妃娘娘一网打尽！你们想想，也知道是怎么回事了！我们勇敢一点，等皇上想明白了，或者会来救我们的！"

"他会吗？你还相信他啊！"金琐毫无把握地问。

紫薇看着虚空，深深地沉思：

"我不是相信他，我相信人间的至情至爱！"她转身搂住两人，"让我们靠在一起，彼此给彼此温暖，彼此给彼此安慰吧！"

三人紧紧地靠着，好生凄惨。

# 第二十五章

乾隆又是彻夜无眠。

他想着紫薇，依稀仿佛，就看到紫薇在对他唱着歌：

"山也迢迢，水也迢迢，山水迢迢路遥遥。盼过昨宵，又盼今朝，盼来盼去魂也销！梦也渺渺，人也渺渺，天若有情天也老！歌不成歌，调不成调，风雨潇潇愁多少？"

乾隆抬眼看着虚空。现在，他明白了，这是雨荷的歌，雨荷的心声，雨荷的等待，雨荷的哀怨，雨荷的相思……他闭上眼睛，心中凄恻。

然后，小燕子和紫薇的影像，就交叠着在他眼前出现。她们的声音，也交错着在他耳边响起：

"皇阿玛！我跟你说实话吧！我根本不是'格格'，你就放了我吧！"小燕子说。

"我爹，在很久很久以前，为了前程，就离开了我娘，一去没消息了！"紫薇说。

"皇阿玛！你也收她当个'义女'吧！"小燕子说。

"我娘说，等了一辈子，恨了一辈子，想了一辈子，怨了一辈子……可是，仍然感激上苍，让她有这个'可等，可恨，可想，可怨'的人！"紫薇说。

"我的阿玛不是皇上，我的阿玛根本不知道是谁！"小燕子说。

"皇上……请答应我，将来，无论小燕子做错什么，您饶她不死！"紫薇说。

"我从来不知道，有爹的感觉这么好！皇阿玛，我好害怕，你这样待我，我真的会舍不得离开你呀！"小燕子说。

"皇上，您不用困惑，那不是'勇气'，只是一种'本能'！"紫薇说。

"把你当成'爹'啊！"小燕子说。

"我知道没有资格，但是，我好想跟小燕子说同样一句话！"紫薇说。

乾隆眼前，各种各样的小燕子，各种各样的紫薇，声音交叠，影像交叠，越来越乱，越来越响，在他眼前，如闪电，如奔雷，纷至沓来。可爱的小燕子，可爱的紫薇，率真的小燕子，高雅的紫薇，热情的小燕子，体贴的紫薇，让他不能不宠爱的小燕子，让他不能不心痛的紫薇。

乾隆终于明白了，不知为什么，心中痛楚，眼中模糊。用手抵着额头，他陷入深深的沉思中。

令妃走了过来，轻轻地喊：

"皇上！"

乾隆抬头，茫然地看着令妃。

"皇上不要自苦了！当初错认格格，确实是臣妾的错误，您罚我吧！"

乾隆茫然地说：

"怎么罚？罚你，还是罚朕？尔康有句话说对了，这都是朕的错！当时对雨荷的'情不自禁'，造成今天所有的故事，如果有人要为这个故事承担什么，是朕，不是那两个丫头！"

令妃紧紧地、热烈地看着乾隆，知道乾隆想通了。她如释重负，含泪说：

"皇上，如果您真的想透了，说不定柳暗花明、海阔天空！臣妾一直以为，亲情之爱，是人间最深刻、最长久的爱！皇上身边，虽然儿女成群，都没有一个像小燕子和紫薇那样，千方百计地让您高兴。爱护她们，享受她们，也是一种幸福吧！"

乾隆震动极了，感动地看着令妃，所谓红粉知己，唯有令妃了。

乾隆真的不知道，紫薇、小燕子、金琐已经陷进惨不忍睹的状况里去了。

这天，三个人又被推进刑房，狱卒用三根铁链，将紫薇、小燕子、金琐吊在房内。狱卒们手里握着鞭子，杀气腾腾。地上，烧着一盆炭火，烙铁烧得红红的。金琐一看，魂飞魄散：

"小姐，看样子，他们预备弄死我们了，我们怎么办呀？"

紫薇四面看看，吸了口气，说：

"小燕子，金琐，我们大家勇敢一点。不是同年同月同日生，可以同年同月同日死，也是我们的福气！不要哭，不要怕，让我们死得有骨气一点！"

小燕子的豪气被紫薇燃起了。

"是！金琐，我们争气一点！别因为我们是女人，就让人小看了！"

一阵脚步杂沓，梁大人带着一队官兵，走了进来。梁大人坐定，惊堂木猛地一拍。

"好了，我们再开始！今天，你们三个准备好了没有？要不要画押！"

"不画！说什么都不画，要杀要打，悉听尊便！就是不画！"紫薇说。

小燕子破口大骂：

"画你这只梁乌龟！画你被几千斤的大石头压着！画你梁乌龟被压，压得头破血流，乌龟壳碎了一地……"

梁大人怒吼：

"她们三个欠打！给我打，重重地打！狠狠地打！"

鞭子就对着三人一阵猛抽。三人被打得衣衫破碎，鞭痕累累。金琐痛极，忍不住了，就叫了起来：

"啊……好痛……啊……"

"金琐！我们来唱歌！"紫薇喊，就大声地唱起歌来，"今日天气好晴朗，处处好风光！蝴蝶儿忙，蜜蜂儿忙，小鸟儿忙着，白云也忙！马蹄践得落花香！"

为了抵挡疼痛，金琐和小燕子也跟着大唱了：

"眼前骆驼成群过，驼铃响叮当！这也歌唱，那也歌唱，风儿也唱着，水也歌唱！绿野茫茫天苍苍！"

梁大人见三人居然大声唱起歌来，怒极，喊道：

"你们三个女贼，死到临头，还不知道悔改？赶快画押！再不画，我们就大刑侍候了！不要敬酒不吃吃罚酒！快画！"

官兵拿着写好的供词，送到小燕子面前去。

三人没有一个看供词，歌声更响了。

"烙刑侍候，把她们的脸蛋给毁了！"梁大人喊。

狱卒立刻取出烧红的烙铁，恶狠狠走上前来。三个姑娘已将生命置之度外，但是，当烧红的烙铁直逼面门时，就忍不住胆战心惊了。

就在这时，外面忽然有人大喊：

"圣旨到！圣旨到……"

小燕子又惊又喜，狂喊着：

"紫薇，听到没有，皇阿玛来救咱们了！""有救了，有救了！我就知道皇上不会忘记咱们！"金琐又哭又笑。

梁大人一惊，慌忙跪倒，众狱卒和官兵立即跪了一地。

紫薇半信半疑，随着声音看去，只见永琪带着尔康、尔泰冲了进来，后面跟着的，居然是柳青、柳红。永琪一进门，就拿着一张假圣旨，虚晃了晃，大声说：

"皇上有命，立刻带小燕子、紫薇、金琐三人进宫，不得有误！"

永琪在那儿晃着圣旨，尔康、尔泰、柳青、柳红就奔上前来，尔康一见三人这等景况，已经大怒，拔出剑来，一阵丁零哐啷，却砍不断那些牢牢的铁链。尔康对狱卒大吼：

"还不赶快松绑！"

梁大人觉得情况不对，急忙大喊：

"慢着，让我看看这张圣旨！"

永琪立刻发难，大吼着说：

"我是五阿哥，今天目睹你们动用私刑，好大的狗胆！我要你们偿命！"

尔泰已经抽刀，劈向狱卒。柳青、柳红扑上前来，锐不可当，噼里啪啦一阵，打倒狱卒，抢下钥匙，为三人开锁。

小燕子惊喊：

"柳青柳红，怎么是你们……"

柳青低声警告：

"我们来救你们，不要多说，跟我们杀出去！"

梁大人跳起身子，大喊：

"有人劫狱啊……来人呀！来人呀……有人劫狱呀……"

紫薇等三人，挣扎着站起身来，这时才知道永琪等人是来劫狱，惊愕互看。

"大家快走！马车在外面等着！"柳红喊。

大家还来不及走，官兵已经一拥而至。

永琪、尔泰、尔康、柳青、柳红拔刀的拔刀，拔剑的拔剑，和那些官兵大打起来。小燕子看到这种情形，精神大振，也顾不得自己身上的伤，夺了狱卒的一把长剑，反手就直刺梁大人，梁大人大惊，狼狈奔逃，喊着：

"女侠饶命！女王饶命！格格饶命！女菩萨饶命……"一面喊，一面满室奔逃。

"你现在喊我天王老子也没有用了！"小燕子喊，追着梁大人，一剑劈下。梁大人的衣袖立刻破裂，手臂上一条血痕。

小燕子第二剑又刺了下去，梁大人吓得屁滚尿流，狼狈奔窜。

"女王饶命……饶命……小的是乌龟，不值得女王弄脏了剑……"

小燕子怒喊：

"你这个孽种！我要在你身上刺一百个洞……"又一剑刺进梁大人肩膀。小燕子拔剑，再一剑刺进梁大人的大腿。

梁大人倒地，满地翻滚，嘴里狼嚎鬼叫：

"哎哟！杀人啊……劫狱啊……"

尔康急喊：

"紫薇和金琐已经支持不住，大家不要打了，走人要紧！"

永琪就对受伤倒地的梁大人喊：

"你看清楚，今天劫狱的是我，五阿哥！不要把罪名乱扣给别人！"

尔康扛着紫薇，柳红扛着金琐，永琪拉着小燕子，大家就冲出门去。

就在尔康、永琪、尔泰大闹宗人府的时候，乾隆已经迫不及待地把福伦、傅恒、纪晓岚、鄂敏都召进了宫，坦白地问大家：

"关于还珠格格，这整个事件，想必你们大家都知道了！朕现在已经把小燕子和紫薇，都关在宗人府的大牢里，虽然她们两个，都异口同声，说紫薇是格格，但是，朕已经不知道能不能信任她们！朕紧急召各位贤卿入宫，是希望知道大家的看法！福伦对案情最清楚，晓岚、傅恒、鄂敏都曾和她们两个一路出巡，这两个姑娘，朕到底应该怎么处置才恰当呢？"

大家低头，人人都不敢说话。纪晓岚排众而出：

"臣斗胆，说出心里的看法！这本是皇上的家事，不论皇上如何处置，不用顾虑大家的看法！还珠格格虽然有欺君之罪，但是，是她的天性使然！她的淘气，皇上最是清楚，所谓王法，也得兼顾人情！还珠格格入宫以来，常常让皇上开怀大笑，功过可以相抵，实在罪不至死！"

乾隆不禁连连点头：

"那……紫薇呢？"

纪晓岚凝视乾隆片刻。

"紫薇姑娘，在皇上微服出巡时，随侍皇上左右，任劳任怨，让人感动不已！至于遇刺的时候，奋不顾身，更不是常人所能做到，当时，带给臣的震撼，就非常强烈！现在想来，才恍然大悟，所谓'本能'，大概是父女天性吧！皇上自己，应该比任何人都清楚啊！"

乾隆震动已极，看着纪晓岚。纪晓岚沉吟片刻，又说：

"皇上，一本好书，看到最后一页，虽然因为和自己预期的结局有点不同，难免有些惆怅。但是好书就是好书，换一个角度去看，应该更是回味无穷啊！两个格格，天真烂漫，温柔可人，是皇上的福气！何不以宽大的胸怀，原谅她们小小的过错，享受她们的天伦之爱呢！"

纪晓岚的话，如醍醐灌顶，把已经心软的乾隆，完全点醒了。

乾隆沉吟片刻，方才如大梦初醒般说：

"是啊！朕一直觉得，她们两个，亲切得像朕的两只手，一左一右，是朕身体的一部分，和朕密不可分！真的，假的，又都怎样？最可贵的，是那一片真心啊！"

福伦一听此话，便排众而出，躬身请命：

"紫薇姑娘，自从身受重伤，始终不曾完全康复，宗人府那个监狱，阴暗潮湿，恐怕不宜久留，如果皇上开恩，不知可不可以放她们出来？"

乾隆尚未答话，纪晓岚也上前，躬身说：

"皇上，可怜两位格格，身子柔弱，尤其紫薇姑娘，大病初愈，怎么禁得起牢里的折腾呢？"

乾隆震动，心中热血澎湃，再难遏止，急促地说：

"各位贤卿，随朕出宫走一趟，去宗人府，亲自释放那两个丫头吧！"

大家赶快应着"遵旨！"正要行动，忽然看到官兵狂奔而来，跪地禀告：

"皇上！五阿哥和福家兄弟，带了武林高手去宗人府劫狱，把三个女犯全部救走了！"

乾隆大惊失色：

"什么？什么？"

福伦脸色惨变。

就有一个官兵，身上还溅着鲜血，跪行到乾隆面前，禀告：

"启禀皇上，五阿哥和福家兄弟，假传圣旨，说皇上有令，传还珠格格等人进宫，乘大家接旨之时，打伤狱卒和梁大人，杀伤侍卫，劫走了三个人犯！"

乾隆一听，再看血迹斑斑的官兵，顿时怒不可遏：

"假传圣旨，打伤朝廷重臣，劫走人犯！简直胆大包天！傅恒、鄂敏！"

"臣在！"傅恒、鄂敏急忙答应。

"马上带兵去把他们给捉回来！"

福伦对着皇上一跪：

"臣请旨，去捉拿逃犯！"

乾隆怒看福伦：

"你父子连心，难道不是同谋？捉拿什么？"

福伦磕头，诚惶诚恐地说：

"臣教子无方，罪该万死！但是，绝对不是同谋，让臣去追捕，以免两个逆子抗旨拒捕！"

乾隆震怒地一挥手：

"去！务必把他们活捉回来！一个都不能放掉！以后还有谁敢为这两个丫头说情，一起重惩！这样胡作非为，让人忍无可忍！几个人捉回来之后，全体死罪！"

同一时间，一辆马车在晨雾弥漫的旷野里疾奔，驾车的是柳青和柳红。

"驾！驾！驾……"

鞭子抽下，马儿狂奔。

车内，小燕子、金琐、紫薇都披上了尔康等人的衣服，遮住受伤的身子，东倒西歪地靠在尔康和永琪怀里。小燕子看着永琪，又是震惊，又是感动，又是担心：

"真没想到，你们会来劫狱……这样一劫狱，下面要怎么办呢！"

永琪义无反顾地说：

"天涯海角，我们流浪去！"

"怎么可以这样，你是阿哥啊！"小燕子惊喊。

"阿哥又怎样？就算高高在上，向往的只是平凡人的夫妻生活啊！"

小燕子心中一热，泪水夺眶而出：

"五阿哥，有你这几句话就够了！我不能把皇阿玛最宠爱的儿子拐走，这样太对不起皇阿玛了，你一定要回去！"

紫薇也惊看着尔康：

"你呢？预备也不要家了？"

"正是！决心劫狱，就没有回头路了！"尔康坚定地说。

紫薇大惊：

"那你的阿玛要怎么办？皇上会气死的！"

尔康生气地脱口而出：

"不要管皇上了，那么心狠手辣，自己的骨肉，可以关进大牢，私刑审判，受尽折磨，不值得你再为他付出了！"

"可是……你的父母会被牵连的，不能这样做！"

尔泰大声说：

"紫薇，小燕子！你们放心！我送你们一程，就把你们交给柳青柳红，他们是你们的哥们，会保护你直奔济南，重新开始生活！我回宫里去见皇上！阿玛和额娘，有我侍候，我哥和五阿哥，从此，就交给你们了！"

"那……如果皇上大发雷霆怎么办？"紫薇震惊地问。

尔泰大笑，豪气干云：

"那……就是'要头一颗，要命一条'了！"

马车来到一个荒原，柳青柳红四顾无人，勒住了马。大家纷纷跳下车来。尔泰毅然决然地对众人说：

"大家珍重！我送到这儿，不送了！"

尔康重重地把尔泰的手一握。

"尔泰，没想到，兜了一个大圈子，还是走到这步！从今以后，对阿玛尽孝，对皇上尽忠，都是你的责任了！我不知道该对你说什么，有个这样的弟弟，是我一生的骄傲！"

永琪也拍着尔泰的肩膀，充满离愁和感激地说：

"皇阿玛那儿，一定有一番惊天动地，你要小心应付!"

柳青、柳红走了过来。柳青说:

"我想来想去,觉得这样不好,要走,为什么大家不一起走?闹成这样,已经不是小事,尔泰能够脱身吗?万一府上要找人开刀,岂不是就剩一个尔泰?"

紫薇抱着胳臂,因为遍体鳞伤,痛得发抖,激动地挺身而出,急切地说:

"尔康、尔泰,我没有料到你们会大胆劫狱,弄成这样,真的是不可收拾!柳青的话很对,尔泰现在回去,根本就是羊入虎口,要面对的风暴实在大大,说不定会代我们几个送命!我现在有一个提议,你们要不要听我?"

小燕子着急地喊:

"不要再婆婆妈妈了,尔泰,你跟我们一起逃吧!再耽搁下去,说不定追兵就来了!我们大家有福同享,有难同当吧!"

尔泰往后一退,看着众人,微笑,衣袂翩然,一股"风萧萧兮易水寒,壮士一去兮不复还"的样子。他坚定、自信、铿然有声地说:

"你们走!不要再迟疑了,换了是我,有这样生死与共的知己伴侣,我会头也不回地走掉!现在,祸已经闯了,总要有人面对和承担!否则会有很多无辜的人要倒霉。何况,阿玛和额娘,失去了尔康,不能再失去我。我要回去面对这一切,收拾这个残局,这是我的责任,你们不要担心我，皇上是仁慈的，今天要把小燕子和紫薇置于死地的，不是皇上，我相信后会有期！"

尔泰说完，昂首阔步，回头就走。

紫薇大急，一把抓住尔康的衣服：

"尔康！我们一起回去！尔泰有一句话很对，皇上是仁慈的，让我们一起去面对皇上，我们去自首，去认错！劫狱，是情迫无奈，皇上会听的，他从来没说过要我们死！我宁愿回去面对风暴，不能让尔泰代我们受罪！"

尔康看着尔泰的背影，心中怆恻，一时无语。

小燕子也看着尔泰的背影，泪就滴滴答答往下掉。

"如果尔泰有个什么，我永远都不会原谅自己！"

"我也是！"金琐低声说。

大家彼此互视，个个眼中含泪。尔康一跺脚，大喊：

"还等什么？大家上车吧！柳青、柳红，你们不要再跟着我们了！免得被我们牵连！承蒙帮助，大恩不言谢！"

小燕子把柳红紧紧一抱，又是泪又是笑地喊：

"谁说大恩不言谢，我谢你，谢你，谢你一百次，一千次，一万次！"又奔过去，重重的用手背在柳青肚子上一拍，"柳青！等我飞黄腾达以后，我一定封一个王给你做！小燕子无戏言！"

柳青、柳红大惊失色。

"好不容易劫狱劫成功了，难道你们还要回去？你们都疯了吗?"柳青喊。

"皇上一生气,说不定把你们全体斩了!"柳红也喊。

紫薇郑重地说:

"人,要活得坦荡荡,要活得心安理得,如果我们的生命,建筑在尔泰、阿玛、额娘的痛苦里,我们活得还有价值吗?还有意义吗?还活得下去吗?"

尔康就重重点头,对柳青说:

"紫薇说得对!苟且偷生不是办法!劫狱,是情不得已!回去,是责无旁贷!只能这样了!"

柳青、柳红看着大家,知道大家的心念已定,劝也劝不住了,感动地说:

"除了祝福,我无话可说了。"

于是,大家都上了车,尔康坐在驾驶座,一拉马缰,马车向前疾驰而去。

旷野中,风起云来。柳青、柳红站在那儿,拼命对大家挥手,喊着:

"再见!再见!后会有期!大家珍重!"

车子追上了尔泰,尔泰听到车声,惊异地回头,车子停都没停,一面飞驰,尔康就一面伸手一捞,把尔泰捞上了驾驶座。尔康大笑说:

"上车吧!大家决定有福同享,有难同当!该面对的,一起去面对!大家都一样,要头一颗,要命一条!"

福伦、傅恒、鄂敏带着马队,才追到城门口,就遇到了率众归来的尔康和尔泰。

尔康、尔泰滚鞍下马，对福伦跪下。

"阿玛！让您受累了！我们正快马加鞭，预备回宫去见皇上！"

永琪跟着跳下了车，对众人一拱手：

"劳师动众，是我的不是了！这就随各位回去领罪！"

片刻以后，大家都在乾隆面前聚齐了。

小燕子、紫薇、金琐都是脸上带伤，苍白憔悴，行动不便，穿着尔康等人的上衣，狼狈地跪在地上。尔康、尔泰、永琪跪在后面。福伦、鄂敏、傅恒肃立于后。

傅恒对乾隆行礼，禀告：

"臣和鄂敏福伦，刚刚才走到城门口，就看到他们正快马加鞭地赶回宫，所以立即带来了！恐怕'劫狱'之说，另有隐情，请皇上明察！"

乾隆看着紫薇、小燕子和金琐，震怒之余，却被三人的狼狈所惊吓了，瞪大眼睛，惊问：

"你们三个怎么了？脸上的伤，从何而来？"

小燕子再也忍不住，痛喊出声：

"皇阿玛！您好狠的心！杀了我们，不过是脑袋一颗，我们痛一痛，也就过去了！你把我们关在那个又黑又臭的地方，蟑螂啃我们的手指甲，老鼠啃我们的脚指甲，晚上，好多鬼和我们一起哭！让我们坐也不能坐，站也不能站，睡也不能睡……这也算了，你还要那个和我们有仇的'梁贪官'来审问我们，逼我们画押，不画押，就用鞭子抽我们……皇阿玛！您怎么能这样对我？有什么深仇大恨，让您要这样弄死我们？自从进宫以来，好多次，我都想偷偷溜走，一去不回头，我不走，是因为您的慈爱呀！早知道，您会这样对待我们，我和紫薇，真是大错特错，千不该，万不该，要认这个爹呀！"

乾隆愕然，惊异得一塌糊涂。

"审你们？朕还没有决定要不要审，谁敢审你们？"

"就是那个梁大人啊！他说'奉旨审我们'！皇阿玛，你看！"

小燕子倏然让外衣从肩上滑落，露出伤痕累累的手臂和双肩，再膝行过去，不由分说地拉下紫薇的外衣和金琐的外衣，三个惨遭毒打的身子，就暴露在阳光下。小燕子凄厉地喊：

"皇阿玛！这都是您给我们的！这些伤痕是假的吗？不把我们弄死，您就不甘心吗？我们真的这么罪大恶极吗？"

乾隆震惊，看着三个女子，浑身鞭痕累累，心痛已极，踉跄后退，大怒地喊：

"傅恒！去把那个梁大人给我带来！马上去！"

"是！"傅恒疾步而去。

三个女子，把衣裳拉好。紫薇这才抬起头来，深深地看着乾隆，眼中，仍然盛满温柔，盛满千言万语，盛满孺慕之思：

"皇上！我们又犯下不可原谅的大错了！假传圣旨，伤人劫狱，我们知道，祸，已经越闯越大，不可收拾了！今天，我们本来要集体大逃亡，马车已经跑到郊外，我们仍然决定回来，面对皇上！我们前来忏悔，认错，领罪……要杀要剐，我们都顾不得了！回来，是相信皇上还有一颗仁慈的心，是相信我这些日子来，对皇上的认识和仰慕！如果，我们真的难逃一死，请饶恕五阿哥和福家兄弟！他们自从认得了我们，一路被我们连累，才弄到今天这个地步！"

乾隆凝视紫薇，在紫薇的哀哀叙述下，心已软，心已痛。

"不要说了！伤成这样，赶快去漱芳斋休息，传太医马上进宫！"

就有侍卫大声应着，疾步退下。

紫薇磕头说：

"皇上如果不原谅福家兄弟和五阿哥，紫薇宁愿跪着，不愿起身！"

乾隆眉头一皱：

"假传圣旨和劫狱，是多么严重的事，哪里可以听你一句求情就算了？你现在是泥菩萨过江，管你自己就好了！还管什么别人？这福家兄弟，如此胆大妄为，怎能原谅？"

福伦听到这儿，就"扑通"一跪，泪流满面了。

"皇上，请看在老臣几代的忠心下，网开一面。臣只有这两个儿子啊！"

尔康忍无可忍，开口说：

"皇上，幸亏我们去劫狱，如果不去，她们三个，现在都已经死了！"

永琪也急忙说：

"皇阿玛！当儿臣赶到的时候，她们三个，全用铁链吊在空中，皮鞭蘸了盐水，狠狠地往她们三个身上抽！她们是姑娘啊！这样虐待，传出江湖，我们大清朝的颜面何在？皇阿玛的英名何在？"

尔泰说：

"何况，她们三个，一个是皇上封的'还珠格格'，一个是皇上的'金枝玉叶'！真相没有查清，就要杀人灭口吗？！"

小燕子就不顾一切，大喊着说：

"皇阿玛！今天所有的事情，都是我一手造成的！我愿意一人做事一人当，你饶了他们大家，我就豁出去，不要脑袋了！"

乾隆怒看小燕子：

"你以为朕不敢砍你的脑袋是不是？确实，这所有的错误，所有的问题，都是你一个人造成的！如果你不冒充格格，什么问题都没有了！"一咬牙，"好，既然你要代大家死，朕就成全你！"就回头大喊，"来人呀！把还珠格格推出去斩了！"

乾隆此话一出，就有侍卫大声应着，前来抓住小燕子。永琪忙着磕头，痛喊：

"皇阿玛！请千万不要啊！"

纪晓岚带头，对乾隆一跪，所有大臣，就全部跪下了，大家都真情流露地喊：

"皇上请开恩！"

紫薇抬头，泪流满面，大喊：

"皇上！你忘了当初答应过我，不论小燕子做错什么，饶她不死！君无戏言！"

"那是饶她不死，现在，是她甘愿代你们而死！"

紫薇、尔泰、尔康、永琪、金琐就同声大喊：

"我们不要她代！要杀一起杀！"

乾隆往后一退：

"你们居然敢威胁朕，是不是以为朕就是'不忍'杀你们？"

紫薇抬着头，带泪的眼睛，直视到乾隆的内心深处去，哀声地喊：

"皇上啊！我们回来，是个必输之赌，我们什么把握都没有，唯一的筹码，就是皇上的'不忍'呀！"

乾隆一震，惊看紫薇。在紫薇那盈盈然的眸子里，看到一个负心的、跋扈的、自私的、无情的乾隆。他打了个寒战，悚然而惊了。

小燕子反正脑袋不保，什么都不管了，大喊着说：

"皇阿玛，你从来没有承认过我呀！你昭告天下，只说我是'义女'，既是'义女'，当然不是真格格，你根本没有把我当成女儿，我哪有'欺君'？如果你当初相信我是真格格，而你却说我是你的'义女'，那么，你岂不是'欺民'？"

乾隆被小燕子这几句话，说得更加汗颜了。

这时，傅恒捉了全身绑着绷带的梁大人过来，掷在地上。

"皇上，梁廷桂已经捉拿在此！"

梁大人浑身发抖，趴在地上：

"皇……皇上……开恩……饶命……"

乾隆的一股怒气，全部转移到梁大人的身上，一声怒喝：

"是谁让你夜审小燕子？说！"

"是……是……皇上……"

"什么是皇上？朕什么时候要你审过她们？"

"宫里……宫里的密令……要她们画押认罪……画押以后……"

乾隆大吼，声如洪钟：

"画押以后，要怎样？"

"格杀勿论！"

"宫里谁传的话？密旨在哪里？"

"只有……口传……"

"谁的口？"

"卑职不敢说……不敢说……是一个公公……"

乾隆怒极，回头喊：

"傅恒，把这个梁廷桂，拖出去斩了！"

梁大人就杀猪般地叫了起来：

"没有罪证，怎能杀我？皇上开恩啊！"

纪晓岚起身，走上前去，从袖子里掏出三张供纸，递给乾隆。

"皇上，这是臣在宗人府搜出来的！"

乾隆一看，怒上眉梢，把状子往怀里一揣，大喊：

"立刻斩了！再抄了他的家！证据？三个姑娘的伤痕还不够吗？"

"臣遵旨！"傅恒大声应道。

傅恒就拖着狼嚎鬼叫的梁大人走了。

梁大人一走，乾隆就对跪了一地的众人说：

"大家都起来吧！闹得我头昏脑涨，气得我胃痛！尔康、尔泰，你们还不赶快传太医，给三个姑娘疗伤！"

小燕子大喜，跳起身子喊：

"皇阿玛！您不杀我啦？"

"你振振有词，我杀了你，难逃悠悠之口！"

小燕子不敢相信地问：

"那……您也原谅大家了吗？"

乾隆看着小燕子：

"朕被你们要挟，要杀就要杀六个，你刁钻古怪，杀了也罢了，偏偏朕又答应不杀你！至于其他的人，朕确有'不忍'之心啊！"就低头看紫薇，用充满感性的声音说，"你真厉害，你用那个唯一的筹码，赢了这场赌！"

紫薇看着乾隆，甜甜地笑了。

"我知道我会赢……我一直都知道……我会赢！"

紫薇说完，眼前一黑，就晕倒在地了。

尔康忘形地急喊：

"紫薇！紫薇！"就扑了过去。

乾隆比尔康更快，一弯腰，抱起紫薇，脸色苍白，真情流露地喊道：

"太医？太医在哪儿？快来救我的女儿啊！"

# 第二十六章

乾隆定定地看着紫薇。

紫薇躺在床上，已经梳洗过了，换上干净的衣裳。太医也诊治过了，所有的伤口，都在令妃的照顾之下，细心地擦了药。内服的药，也立刻去熬了。可是，紫薇一直昏迷不醒，药熬好又冷了，大家试了又试，根本没有办法把药喂进去。太医说是"新伤旧创，内外夹攻"，才会让她这样软弱。乾隆看着昏迷的紫薇，心里的后悔和自责，就像浪潮般汹涌而来，把他一次又一次地淹没。坐在床边，他紧紧地盯着她。这是第二次，他等待她苏醒，上次是她为救他而受伤，这次，却是他把她弄成这样！他的心，随着她的呻吟而抽痛。脑子里，一再响着她那句话：

"皇上，您的心那么高高在上，习惯了众星捧月，竟不习惯人间最平凡的亲情了吗？"

是啊，自己那么高高在上，一个"生气"，就可以给人冠上"欺君大罪"，关进大牢！如果自己不是皇上，紫薇怎会弄成这样？现在，他不是皇上了，他不再高高在上，他只是一个焦急的父亲了。

紫薇不醒，整个漱芳斋都好紧张。小燕子和金琐，也都上过药、吃过药了，大难不死，还能回到漱芳斋，劫狱之后，还能保住脑袋，本来应该个个欣喜若狂。可是，看到紫薇昏昏沉沉，她们两个谁也笑不出来。天灵灵，地灵灵，保佑紫薇吧！

尔康、尔泰和永琪，都在外间大厅里等着，人人神情憔悴，忧心如焚。紫薇不醒，大家的心都揪着。尔康在室内不停地走来走去，每走到窗前，就用额头去碰着窗棂，碰得窗棂砰砰直响。天灵灵，地灵灵，保佑紫薇吧！

是的，天也灵灵，地也灵灵，紫薇终于悠悠醒转。

紫薇慢慢地睁开了眼睛，立刻接触到乾隆那焦急的、心痛的眼神。一时之间，她不知道自己身在何处，慌忙坐起，惊喊了一声：

"皇上！"

令妃长长地吐出一口气来，一面伸手按住紫薇，一面欢喜地喊：

"醒了！醒了！太医，是不是醒过来就不碍事了？"

"你醒了吗？真的醒了吗？"小燕子扑了过来，抓住她摇着，又哭又笑，"你不要常常这样吓我好不好？为什么这么娇弱呢？又不是只有你一个人挨打，我们两个都没事，怎么你动不动就昏倒？"

"别摇她，别摇她……"太医喊着，一面急急地给紫薇诊脉，"皇上，紫薇姑娘没有大碍了！赶快吃药要紧！快把药热了拿来！"

"是！"好多声音同时回答，脚步杂沓，奔出奔进。

小燕子听太医说没事了，就放开紫薇，飞跑到外面大厅里去报佳音：

"她醒了！她醒了！太医说没有大碍了！"

尔康正走到窗子旁边，听到这话，大大地透出一口气，一声"谢天谢地"脱口而出，精神骤然放松，身子一软，脑袋又砰地在窗棂上一撞。

小燕子奔回卧房。

一屋子的人忙忙乱乱，跑出跑进。乾隆只是定定地看着紫薇，半晌，才哑声说：

"可怜的孩子，你又受苦了！"

紫薇好震动。凝视着乾隆，屏住呼吸，不知道眼前这个男人，是一个皇上，还是一个爹？还是两样都是？

金琐急急捧着药碗过来：

"小姐！药来了！赶快趁热喝下去！"

令妃把紫薇扶着坐起来，金琐就端碗要喂。令妃说：

"我来喂吧，小燕子，金琐，你们身上都是伤，也该去躺着休息！"

"我知道我知道，等紫薇吃了药，我们再休息！"小燕子急急地说。

"我哪里有那么衰弱？我自己下床来吃！"紫薇完全清醒了，急忙说。对于自己这么娇弱，动不动就晕倒，也歉然极了："每次都弄成这样，害大家担心，真是对不起！"

乾隆见她弄得这么狼狈，还要忙着向大家道歉，心里又猛地一抽，说不出有多么痛，一伸手，他从金琐手中，接过药碗，凝视着紫薇，说：

"不要嘴硬了，太医说，你旧伤还没好，现在又加新伤，如果不好好调理，会留下病根来的！"就回头看小燕子和金琐，"你们该吃药的去吃药，该休息的去休息！一个个都是满脸病容、满身的伤！这儿，让我来！"

乾隆就端着药碗，吹冷了药，用汤匙喂到紫薇唇边。

紫薇不相信地看着乾隆，像是做梦一样。眼里常常有的那种"千言万语，欲说还休"的神情，现在化为一片至深的感动。她扶着乾隆的手，轻轻饮了一口，然后，再饮了一口，眼泪就落下来了。她抬起头，含泪看乾隆：

"皇上！你知道吗？当小燕子第一次冒险出宫，告诉我，她被误认为格格的经过。她说，皇上亲手喂她喝水吃药，她当时就'昏掉'了，再也无法抗拒格格的身份了！我听了，好羡慕，哭着说，如果有一天，皇上会亲手喂我吃药，我死也甘愿了。没想到，我真的等到了这一天！我也快'昏掉'了！"

乾隆心里一热，眼眶潮湿了，一面喂着药，一面说："不许再'昏掉'了，每次都吓得我心惊胆战！"

紫薇就诚心诚意地应着：

"是！以后再也不会了！再也不敢了！"

大家看着乾隆喂紫薇吃药，人人都震动极了，感动极了。令妃、小燕子、金琐的眼里都含着泪。明月、彩霞、蜡梅、冬雪都感动得稀里哗啦。

紫薇就痴痴地仰望着乾隆，一口一口地把药吃了。

门口，尔康、尔泰和永琪都忍不住伸头张望，看到这一幕，大家激动地互视。尔康笑了，眼里一片模糊。紫薇啊！这一天，你是用生命换来的啊！

乾隆放下药碗，不禁用一种崭新的眼光，深深地看着紫薇。不由自主地，在她眉尖眼底，找寻雨荷的影子，这才惊异于母女的相似。他奇怪着，怎么这么久，自己居然没有看出这一点？或者，雨荷在自己的生命里，就像她说的，是"蜻蜓点水，风过无痕"了。他想到这儿，对雨荷的歉疚，和对紫薇的怜惜，就融成一片了。他凝视着紫薇，带着无限的感慨，无数的真情，诚挚地说了：

"你等这一天，等得真是辛苦，弄得遍体鳞伤，千疮百孔！是朕的错！回忆起来，你几次三番，明示暗示，朕就是没有想明白！朕觉得你像一个谜，也没有细细去推敲谜底！那天，把你们三个下狱，只是因为皇后咄咄逼人，朕一时之间，心乱如麻，只想先惩罚你们一下，再来想想要怎么办，没料到，又把你们送进虎口里去了。朕看着这个新伤、旧伤，到处都伤的你，真是心痛极了！"

紫薇的眼睛湿漉漉的。她的唇边，却上来了笑。

"皇上，您不要心痛，能够等到今天，我再受多少的苦，也是值得的！"

乾隆盯着她，声音哑哑的：

"你还叫我皇上吗？是不是应该改口了？"

紫薇不能呼吸了，屏息地、小声地说：

"我不敢啊！不知道皇上要不要认我？"

乾隆眼中，一片湿润，努力维持着镇定，低哑地一吼：

"傻丫头！朕到哪儿再去找像你这么好的女儿，琴棋书画，什么都会！简直是朕的翻版！跟朕一样能干！不认你，朕还认谁？"

紫薇眼泪一掉，冲口而出地大喊：

"皇阿玛！"

乾隆伸出手去，便把紫薇紧拥在怀中了，对紫薇那份复杂的爱，终于归纳成唯一的一种爱，那种人生来就具备的本能、亲情之爱。

旁观的金琐和小燕子，忍不住都哭了。金琐哭着抓住小燕子，又笑又跳。

"她等到了！她做到了！她找到她爹了！"就抬眼看天，双手合十地祷告，"太太，我完成了您的托付，您也安息吧！"

小燕子抱着金琐，也是又哭又笑又跳，激动得不得了，不住口地喊：

"我把格格还给她了！我总算把格格还给她了！"说到这儿，热情奔放，不能自已，就忘形地把乾隆和紫薇统统一抱，"皇阿玛，我做错了好多好多的事情，闯了好多祸！我的头脑只有虾米一样大，想出来的都是馊点子，虽然搅和得乱七八糟，可我还是把紫薇带到你身边了……"

乾隆清清嗓子，有力地说：

"所以，将功折罪了！"拍拍小燕子的头，"朕现在才明白，你为什么一天到晚，担心你的脑袋了！还好，这颗脑袋，还是长得很牢的！"

令妃拭着面颊上滚落的泪珠，回头大喊：

"你们还不过来参见紫薇格格吗？"

明月、彩霞、蜡梅、冬雪、小邓子、小卓子、小路子……全体奔来，在床前一跪，吼声震天地喊：

"奴才参见紫薇格格！格格千岁千岁千千岁！"

在门口张望的永琪、尔康、尔泰彼此互看，三只手用力一击。

"她做到了！"尔泰大喊，跳了三尺高。

"她做到了！"永琪也大喊，跳了五尺高。

"她做到了！"尔康喊得最大声，几乎跳到屋檐上去了。

门内门外，一片激动。

这时，院外忽然传来太监的大声通报：

"皇后驾到！"

紫薇大惊，脸色骤然变了。

尔康、尔泰、永琪全体变色。

乾隆一凛，倏然地站起身来。

皇后带着容嬷嬷，背后跟着宫女太监们，昂首阔步地走进了漱芳斋。

永琪和尔康、尔泰急忙上前行礼。

"皇额娘吉祥！"

"臣福尔康、福尔泰参见皇后娘娘！皇后娘娘吉祥！"

皇后一看到三人，怒火中烧，不可遏止，顿时严峻地说：

"原来你们三个都在这儿！劫狱好玩吗？"

三人低头，一个都不敢说话。

乾隆带着令妃，从卧室里面大步而出。乾隆迎视皇后，想到遍体鳞伤的紫薇和小燕子，恨不打一处来，声色俱厉地喊：

"皇后！你来得正好！如果你不来，朕也准备马上去坤宁宫看你！"

皇后看到令妃也在，更是又嫉妒又恼怒，再看到小燕子和金琐，站在房门口，犹豫着是不是要上前参见。她就更加生气了，高高地昂着头，她用冷冽的眼光，扫视众人，气冲冲地说：

"皇上，这漱芳斋今儿个是家庭聚会吗？"

乾隆也高高地昂着头，清清楚楚地说：

"皇后说得不错！朕刚刚认了紫薇，她是格格了！"

皇后又气又急，惊喊：

"皇上！你左认一个格格，右认一个格格，到底是在做什么？"

"只要朕高兴，可以把全天下失去父亲的姑娘，全部认作格格！连小燕子都会说，人不独亲其亲，不独子其子！如果皇后有这种胸襟，那才是真正的皇后！"

皇后一震，怒视乾隆，义正词严地说：

"臣妾又要'忠言逆耳'了！"

乾隆怒喊：

"把你的'忠言逆耳'收起来吧！否则，包你会后悔！"

皇后毫不退缩，气势凛然地说：

"臣妾不会后悔！臣妾宁可一死，不能眼看着皇上被小人所欺骗！您睁大眼睛瞧瞧吧！不要被这两个来历不明的丫头弄得晕头转向！五阿哥带人劫狱，你不惩罚，福家兄弟，假传圣旨，杀人劫囚，犯下滔天大罪，你也不管！反而把忠心耿耿的梁廷桂给斩首抄家！你这样不问是非，不分青红皂白，被两个女子、一群孩子牵着鼻子走，你就不怕被天下耻笑吗？"

乾隆一拍桌子，大喊：

"放肆！"

"皇上是不是要把臣妾也推出去斩了？"皇后问。

乾隆从怀中，掏出那三张状子，往桌上一拍。

"这是你的密令吗？要把你所忌讳的人一网打尽吗？你好狠呀！朕不会斩了你，你是皇后，朕当初立你，今天就不会斩你！但是，你心胸狭窄，不择手段，简直可恶极了！朕可以废了你，但是，朕不要！朕要把你送进宗人府，让宗人府去仔细调查这段公案！听说那里又黑又臭，有蟑螂会啃手指甲，有老鼠会啃脚指甲，你和容嬷嬷，一起进去享受享受，等待审判吧！"

皇后脸色大变，容嬷嬷吓得发抖。容嬷嬷急忙拉扯皇后的衣袖，抖着声音说：

"皇后！请不要跟皇上怄气吧！二十几年的夫妻呀！十年修得同船渡，百年修得共枕眠，这是缘分，也是福分呀！"就对乾隆一跪，落泪说，"皇上！皇后娘娘的脾气，您是知道的！她一心一意，只是为了皇上好呀！"

乾隆一拂袖子，面带寒霜，声音冰冷：

"这种话，朕已经听腻了，没有用了！"毅然决然地，

"皇后！你明天就去宗人府，朕已经决定了！"

"臣妾犯了何罪？"

"要太监假传圣旨，密令梁大人，私刑拷打两位格格、一个丫头，还要串供谋害令妃、福伦，这还不够吗？"

皇后一惊，急急地说：

"臣妾绝对没有要梁廷桂拷打她们，只是传话要他早一点办案而已，这些，都是梁廷桂自己在捣鬼！"

"可惜现在已经死无对证了！"乾隆不为所动。皇后看着眼里闪着杀气的乾隆，忽然觉得这个皇帝好陌生。也忽然体会到一件事，乾隆对她，是"恩已断，情已绝"，毫无眷恋了。想到宗人府那个地方，想到许多打进那儿的妃嫔宗室，从此永无天日，她的心已经怯了，气也怯了，可是嘴里仍然强硬倔强：

"就算是我传话，臣妾也是要为皇上除害！"

乾隆怒极：

"到了这个时候，你还是这样说！你已经不可救药了！朕只好马上办你！"就回头大叫，"尔康！"

"臣在！"尔康应着。

"把皇后带到宗人府去！马上押进去！"

尔康怔住，不知道该不该行动。永琪和尔泰都惊怔着。

"为什么不动？"乾隆对尔康吼着，脸色严肃，眼神悲愤，"上次对紫薇用针刺，这次烙刑鞭子全部动用，这样残忍，这样狠心，还有什么资格当皇后？她什么都不是了！她是一个罪大恶极的女人！尔康，尔泰！你们立刻给朕把她押到宗人府去！不许耽误！听到没有？"

大家这才知道乾隆是认真的，就全体震惊起来。毕竟，皇后的地位，高高在上，不能随便定罪。万一皇后入狱，宫中一定大乱。

永琪对着乾隆，双膝落地，诚挚地喊：

"皇阿玛！请息怒！皇额娘贵为国母，就算做错什么，也不能这样做啊！大清朝从没有一个皇后，被送进宗人府。再说，十二阿哥年纪还小，不能离开亲娘啊！看在小阿哥的分上，皇阿玛请三思啊！"

容嬷嬷更是磕头如捣蒜：

"皇上息怒，皇上息怒！"

皇后听到乾隆，句句指责，字字像刀，已经心灰意冷。再看乾隆傲然挺立，对于永琪的求情，毫不动容，更是万念全灰。她四面张望，忽然看到桌上有个针线篮，里面有布匹针线和剪刀。她就突然冲过去，一把拿起剪刀来，众人惊呼，以为皇后要行刺，尔康、尔泰双双一跃，便把乾隆挡在身后。大家惊呼：

"皇上！小心！"

"皇后！你要做什么？"乾隆大喊。

谁知，皇后把发簪一抽，及腰的长发，立刻披泻下来，皇后抓起头发，就用剪刀去疯狂地乱剪，嘴里凄厉地大喊：

"忠言逆耳！不如削发为尼！"

所有的人，都大惊失色。容嬷嬷就扑上前去，死命地去抢那把剪刀，痛哭着喊：

"皇后！你这是何苦？你这样折磨你自己，真正心痛的，只有你的容嬷嬷啊！"

"皇额娘不可以！"永琪喊着，也扑上去帮容嬷嬷抢剪刀。

皇后披头散发，状如疯子，和容嬷嬷滚倒在地上，拼命要剪自己的头发，宫女们也扑上前去，帮着容嬷嬷抢剪刀。皇后死命不放，又吼又叫。大家抢抢夺夺下，容嬷嬷和冬雪都被剪刀刺伤，惊呼连连，房里桌翻椅倒，乱成一片，好不容易大家才抢下了剪刀。皇后的头发，已经剪下了好几缕。

皇后力气已经用尽，坐在地上，眼神呆滞，一语不发。

满屋子的人都静悄悄，睁大眼睛，不敢相信地看着那个接近疯狂的皇后。

这时，紫薇不声不响地走了过来，她的脸色依旧白得像纸，脚步也跟跟跄跄。但是，她的眼神坚定稳重，面色从容地走过去，跪在皇后身前，含泪帮皇后绾住头发。明月急忙捧来梳妆用具，紫薇就细心为皇后梳头发，一面梳，一面柔声说：

"皇后娘娘，现在，你虽然很恨我，但是，我相信，有一天，你会喜欢我！满人最珍惜自己的头发，没有国丧，不得剪发！头发，几乎是满人的一种标记！皇后娘娘，无论你多么生气，千万千万，不要把您的头发给剪了！"

皇后看着紫薇，见紫薇轻言细语，高贵恬静，这种气势，竟把身为国母的自己，比了下去。她这才知道，要和这位来历不明的格格斗法，是自己不自量力。如今，弄成这种局面，大势已去。终于明白了一件事，从今以后，她这个"皇后"，恐怕要在宗人府的监牢里，度过余生，不禁痛定思痛，突然放声大哭。

紫薇用发簪将她的头发牢牢簪住，就将皇后轻轻地推进容嬷嬷怀中。

"容嬷嬷，好好照顾她！"

紫薇转向乾隆，虔诚地拜倒于地。

"皇阿玛！您刚刚认了我，请帮我积德，不要跟皇后怄气了！所谓宗人府，有两个格格已经进去过了，不要再让皇后进去了！您的恩泽遍天下，不独亲其亲，不独子其子，何况是结发夫妻呢？请答应我，算是您许我的'论功行赏'吧！"就磕下头去，"紫薇谢谢您！"

乾隆惊看紫薇，简直不敢相信她的所作所为。

房内所有的眼光，都看着紫薇，大家都被紫薇那种高贵的气质所征服了，房间里只有皇后和容嬷嬷的饮泣声，其他，什么声音都没有了。

然后，容嬷嬷就跪得直直的，恭恭敬敬地对紫薇磕下头去。

皇后就这样回到了坤宁宫。乾隆什么都不追究了。但是，清朝的这位皇后，在若干年以后，又和乾隆大起冲突，激怒下，终于把自己的头发全体剪了。乾隆大怒，说："无发之人，如何母仪天下？"就把她打入冷宫了，一年之后，这位皇后就抑郁而死。清朝有一位"无发国母"，说的就是她。这是后话，和我们的故事没有关系，按下不表。

回到我们的故事，这天，乾隆带着尔康、尔泰、永琪三人走到御花园，心情虽然愉快，仍然有些烦恼和遗憾：

"这件'劫狱'事件，朕就不再追究了！你们三个，以后一定要收敛一点！两个丫头，也逐渐恢复健康！总算让朕松了一口气，可是，尔康和塞娅的婚事，不能再耽搁了！"

尔康大急，往前一迈步，急促地说：

"皇上，我不能娶塞娅！请皇上三思！"

乾隆看了尔康一眼，十分无奈地说：

"朕对于你的心事，早已心知肚明。你想，朕那么喜欢紫薇，她的心上人，朕如何舍得配给西藏公主呢？但是，皇上的承诺，是一言九鼎，不容反悔的！朕和你，以及紫薇，都要做一番牺牲，这是身为一个臣子，和一国之君，必须付出的代价！紫薇，身为格格，也不能不为大局着想，作一个割舍！"

永琪帮着尔康，急忙说：

"皇阿玛！您再想一个办法，您不知道，紫薇和尔康，真的是山盟海誓过！紫薇对尔康说过一句话：'山无陵，天地合，乃敢与君绝！'皇阿玛，您怎样能让山变得没有棱角、天跟地都合并在一起呢？只有到那样一天，他们两个才能分手呀！"

乾隆好生震动。

"山无陵，天地合，乃敢与君绝！"他念着，"是吗？紫薇说的？"

尔康拼命点头，眼中盛满了痛楚。

"皇上，您再办一次比武，让所有还没结婚的王公子弟，全部参加！或者，塞娅和巴勒奔会发现比尔康更加合适的人选！"尔泰急忙建议。

乾隆颔首沉吟，说：

"说不定这是一个办法，朕要想一想……"

乾隆低头沉思，这时，只听到小燕子一声大喊：

"塞娅！你往哪里跑？你以为武功我比不过你，轻功也比不过你吗？"

乾隆和众人惊异抬头，定睛看去，只见塞娅挥着金鞭，小燕子挥着九节鞭，两根鞭子上上下下，翻飞不已。

两人且战且追，嘴里，却嘻嘻哈哈地笑着，原来随着时间过去，这两个姑娘，年龄相仿，气味相投，居然做了朋友。小燕子一心要说服塞娅放弃尔康，对塞娅也笼络起来了。塞娅边打边叫边笑：

"还珠格格，来呀！来呀！"

小燕子一飞身，跃到塞娅面前，喊着：

"来来来！让我打你一个落花流水！"

小燕子对于四个字的成语，说得最顺口的，就是一个"落花流水"了。

"什么花什么水？我打你一个'喇叭花流鼻水'！"塞娅正在拼命学中文，接话接得很快。

小燕子大笑：

"哈哈！哈哈！你这个'喇叭花流鼻水'比我的乱七八糟还要乱七八糟！笑死我了，笑死我了！"

两人一面追着，一面打着，打到了乾隆等人的面前。

塞娅一眼看到尔康，好乐，忘了打架，开心地跑来。

"尔康，你躲到哪里去了，害我都找不到你！"

尔康见到塞娅，头都大了，躲也没地方躲，一脸的狼狈。

塞娅这样一分心，手里的鞭子竟被小燕子的鞭子卷住，脱手飞去。

塞娅惊呼，抬头看着飞向天空的鞭子。

鞭子从天而降，忽然之间，尔泰跃起，接住鞭子，笑着大喊：

"塞娅！要鞭子，就来追我！追到了我，鞭子才要
还你！"

尔泰说着，撒腿就跑。塞娅一声娇叱：

"看你往哪里跑？我追你一个'落花流水'！"

塞娅便拔脚追去。

乾隆和众人，看得傻眼了。

尔泰舞着鞭子，一面跑得飞快，一面回头喊：

"来呀！怎么那么慢？西藏公主都跑不动啊？"

塞娅已跑得气喘吁吁，还在嘴硬：

"谁说的？谁说的？鞭子还我！"

"才不要！"

尔泰把鞭子扔向空中，塞娅立刻飞身去接。尔泰却
比她快，早已跃起，接住鞭子。塞娅气得掀眉瞪眼，咬
牙说：

"好！看你厉害还是我厉害！"

两人开始抢鞭子。

尔泰有意卖弄，鞭子忽而在空中，忽而在手中，忽
而在塞娅眼前，忽而又变到塞娅身后，塞娅被他弄得头
晕眼花，娇喘连连。

塞娅知道敌不过尔泰了，忽然往草地上一坐。

"不抢了！不抢了！输给你了！"

尔泰就在她身边坐下，凝视着她说：

"西藏的姑娘，都和你一样漂亮吗？"

塞娅不禁对尔泰嫣然一笑。

从这天起，尔泰几乎天天和塞娅在一起。

塞娅骑术很好，两人常常比赛马。北京郊区，西山围场，两人都跑遍了。每次都赛得脸红耳赤，嘻嘻哈哈。

"来追我呀！来追我呀！我骑马，是一等一的好！"塞娅喊。

尔泰笑着说：

"哈！吹牛都不打草稿！动不动就一等一的好！这么'大言不惭'！"

塞娅听得糊里糊涂，瞪着眼睛喊：

"什么牛啊，草啊，馋不馋的？牛看到草，当然馋啦！怎么会'大眼不馋'呢！那一定是一只大笨牛！"

尔泰大笑起来：

"说不定，你和小燕子是双生姐妹，一个被西藏王弄去做了公主，一个流落到北京来，成了还珠格格！小燕子的爹娘都不知道是谁。我看，应该从你身上着手，好好地调查一下！"

"你叽里咕噜，说些什么？"塞娅听不懂。

"说你很可爱！"尔泰由衷地说。

塞娅又嫣然一笑。

塞娅有"不服输"的个性，对武术兴趣大得很，两人除了赛马之外，更喜欢比武。尔泰的武功，当然远胜过塞娅。可是，每次比武，他总是让着她，喜欢看她胜利的样子，也喜欢捉弄她。这天，两人打来打去，尔泰故意一个失手，被塞娅抛在地上。

"哎哟！哎哟！中原的姑娘都很温柔，哪里像你这么野蛮！我的腿摔断了，不能动了！哎哟……哎哟……"尔泰叫着，煞有其事。

塞娅着急地跪在尔泰身边，去检查他的腿。

"哪里痛？我不是故意的！"

"你就是故意的！"尔泰生气地喊。

"真的不是故意的！"塞娅着急地喊，就去拉尔泰的腿，"看看能不能动？"

尔泰突然从地上一跃而起，大笑：

"中原的男人，可没有那么容易受伤！"

塞娅发现受骗了，跳起来就要打尔泰。

"你骗我！中原的男人太坏了！"

尔泰拔脚就跑，塞娅拔脚就追。

两人也去游山玩水，塞娅喜欢水，因为西藏很少看到河流，到了河边，听到流水潺潺，就高兴得不得了。

这天，塞娅有些心事，她往河边的草地上一躺，看着天空。尔泰在她的身边躺下，看着她。

"北京的天空很蓝，我喜欢。"她说。

过了一会儿，她又说：

"北京的河水很清，我喜欢。"

再过一会儿，她再说：

"北京的草地很绿，我喜欢！"

尔泰转头看着她：

"北京的勇士，你最喜欢？"

"是！我最喜欢！"

尔泰用手支住头，深深地盯着她：

"北京的勇士，不是只有尔康一个！"

塞娅凝视尔泰，嫣然一笑，伸手把尔泰的脖子一抱：

"这个，我'最最'喜欢！怎么办？怎么办？"

巴勒奔大笑着，不好意思地对乾隆说：

"真没有办法，我那个塞娅，已经被我惯坏了！她说她选错了，现在，说什么都不肯嫁给尔康，一定要嫁给尔泰，反正他们两个是兄弟，皇上，你就包涵一点！那个尔康，你还是留给你的格格吧！"

乾隆已经心知肚明，心里高兴，却故意吹胡子瞪眼睛：

"这不大好吧！我向来都是'一诺千金'的！"

巴勒奔听不懂，连忙回答：

"千金啊？没关系没关系，我会送'一万金'来当嫁妆的！"

乾隆大笑了：

"哈哈哈哈！那只好换人了！"

我们的故事，已经到了尾声。

乾隆对"还珠格格"的公案，作了这样的宣布：

"今天，朕请各位贤卿到这儿，是要把还珠格格的事情，做一个结论！大家都已经知道，小燕子当初受伤进宫，被误认为格格，真正的还珠格格应该是紫薇！今天，朕正式撤掉小燕子的册封！但是，小燕子进宫以来，非常得到朕的喜爱，朕另外封她为'还珠郡主'，指婚给五阿哥！"

小燕子惊喜莫名，跪下谢恩。

"谢皇阿玛……"觉得不对，改口道，"谢皇上！"

乾隆看着小燕子：

"朕听你叫'皇阿玛'已经听惯了！反正，你也逃不出皇宫了，做了朕的媳妇，还是要叫朕一声'皇阿玛'，你就不要改口了！"

小燕子眼中充泪了，笑道：

"是！小燕子遵旨！"

永琪也跪下，感激涕零了：

"谢皇阿玛恩典！"

乾隆一笑，看紫薇和尔康：

"至于紫薇，朕正式册封她为'明珠格格'，指婚给福尔康！"

紫薇和尔康都跪下了，山呼谢恩。

乾隆再一笑，说道：

"福尔泰即日起封为贝子，指婚给西藏塞娅公主！"

尔泰跪下谢恩。

乾隆分配完毕，心情欢快，大笑说：

"还珠格格的一段公案，总算结束，希望各归各位，各得各的幸福！儿女幸福，就是朕的幸福了！哈哈哈哈！"

众臣全部躬身祝贺：

"恭祝皇上一家团圆，万岁万岁万万岁！恭祝'明珠格格'回归家园，千岁千岁千千岁！"

婚事虽定，乾隆还想多留紫薇和小燕子两年，并不急着让他们成婚。倒是尔泰和塞娅，奉旨提前结婚。七个年轻人不在乎什么时候成婚，大家在乾隆的特许"可以不避嫌疑，随时相聚"之下，常常骑着七匹马，驰骋在绿野中。

这天，塞娅一面骑马，一面喊：

"北京的马没有我们西藏的马好，跑都跑不动！"

"谁说的？"小燕子不服输地嚷着，"北京的马是特等的好！比你们西藏马强多了！"

"算了算了！"塞娅大笑，"你就是尔泰说的，那个牛看到了草，还'大眼不馋'！"

小燕子傻眼了：

"这是什么话？"

尔泰忍不住发笑。

塞娅一夹马腹，往前飞奔。小燕子立刻追了过去。

永琪在后面喊：

"刚刚才学会骑马，别逞能了，当心又摔了！"

小燕子哪里肯听，已经和塞娅跑到前面去了。

尔康笑看尔泰：

"尔泰，我不知道该怎样谢你！"

尔泰看着前面奔驰的两个女子，微笑说：

"不要谢我，塞娅有她可爱之处！说真的，她很多地方，好像小燕子，我想，在我心里，也有一个补偿作用吧！"

永琪深深看尔泰：

"尔泰，应该是我来说，不知道怎么谢谢你！"

尔泰大笑，说：

"你们的谢，我通通收着！将来，你们加利息还给我，怎样？"

"一言为定！有一天，你需要我们，我们万死不辞！"永琪说。

"别说得那么严重！"

"'生死相许'的事，怎么不严重？"

紫薇和金琐，了解地微笑。看着这样的画面，想着来京的种种，两人心中，都有说不出来的喜悦。幸福，就闪耀在两人眼底。

小燕子发现众人落在后面，策马奔来。

"你们这些人是怎么回事？骑个马，也慢慢吞吞？"

紫薇笑了：

"我才不和自己开玩笑，骑马，我还生疏得很，万一摔了怎么办？何况，天气这么好，不冷不热，风也这么好，醉人欲醉，策马徐行，不是也别有滋味吗？"

小燕子听不懂，大叫着抗议：

"醉什么醉什么？这儿又没有酒，又没有菜，哪儿有滋味嘛！"

"我们已经'化力气为糨糊'了，跑不动了！"尔康笑着说。

塞娅早已奔了过来，听得糊里糊涂，欢声地说：

"要喝酒吃菜吗，好极了！那个'糨糊'好吃吗？我只吃过'奶糊'！我现在饿了，不是'大眼不馋'，是'小眼很馋'，我们去哪里吃东西？"

尔泰大笑说：

"不得了！一个小燕子常常来个'鸡同鸭讲'，也就算了，现在，又加了一个西藏人！"

大家都笑了。

"我太高兴了！我好想唱歌！"金琐说。

"我们一起唱！"紫薇说。

那首歌，大家都熟悉了，就欢声地大唱起来：

"今日天气好晴朗，处处好风光！蝴蝶儿忙，蜜蜂儿忙，小鸟儿忙着，白云也忙！马蹄践得落花香！眼前骆驼成群过，驼铃响叮当！这也歌唱，那也歌唱，风儿也唱着，水也歌唱！绿野茫茫天苍苍。"

歌声中，笑声中，大家骑马向绿野中奔去——


全书完


一九九七年七月十九日初稿完稿于台北可园

一九九七年七月三十日修正于台北可园

# 后记

　　"还珠格格"这个故事的灵感，来自北京的地名"公主坟"。

　　我到过北京很多次，对于北京的地名和巷名都很感兴趣。因为它很写实。例如"帽儿胡同"像帽子，"响尾巴胡同"像狗尾。看到名字，就可以想象它的地形。可是，北京有个地区，名叫"公主坟"，就非常奇怪了。

　　和一些北京朋友谈起，才知道这个地名有个传说：

　　相传，在乾隆时期，乾隆收了一个民间女子作为义女，封为"格格"。这位"格格"去世后，仍然不能葬在皇家祖坟，所以，就葬在"公主坟"这个地方。当然，那时的"公主坟"还是一片荒烟蔓草，是个很偏僻的地方，这个地方因为有幸葬了一位"公主"，从此就叫"公主坟"，一直沿用到今天。

传说的内容很简单，但是，给人的想象空间实在很大。

我忍不住就想象起这位"格格"的故事来，是怎样的因缘让她认识乾隆？是怎样的经过，可以进宫？进宫以后，过的是什么生活？以一个民间女子，来适应宫闱生活，她如何适应？乾隆为什么收她为"义女"？既然封为"格格"，一定非常非常喜欢她，后来又怎样……想来想去，觉得这实在是一个很好的小说题材，应该是一本很厚的书。我就在脑子里酝酿着这个故事。

去年年底，我决定动笔写这个故事。当时，真没料到是这么庞大的工作。

我很少写清宫小说，还没提笔，就面临许多的问题。参考书堆满了桌子，还没写书，就先看书。对于那个时代的称呼，礼仪，说话方式，规矩……我几乎要一样样地学习。我尽量让这本书现代化，毕竟，看书的人都是现代人。如果我犯了什么错误，希望读者多多包涵。

乾隆，一直是我很想写的一个人物。因为，他是一个有故事的皇帝，他的下江南已经被人写了又写。关于他的传说非常之多，包括他自己的身世之谜。他的大臣，像和珅，像纪晓岚，像傅恒，像刘墉，像福康安……都是小说材料。他一生娶了四十几个妃嫔，有情无名的还不知其数。他的妃嫔们，许多都有动人的故事。著名的回族女子容妃，就是后世绘声绘色的"香妃"。他生了十七个儿子，十个女儿。这样一个皇帝，他的感情世界到底是怎样的？有这么多的儿女，传说中的"民间格格"，是怎样进驻到他的内心的？于是，我大胆地走进那个时代，虚拟了这个故事。

今年年初，我开始写"还珠格格"，这一写，就是大半年。

根据"传说"，写成"小说"，当然绝对不是历史。我不想限制自己的思绪，一任它天马行空。所以，这是一本故事性很强的书。我尽量用最平易近人的文字来写它，希望读者能很轻松地阅读。

"小燕子"这个人物，是我以前的小说中不曾写过的，对我来说，她是我的一个挑战。我很熟悉紫薇，并不擅长写"小燕子"，用了很多时间在"小燕子语言"上。写完了，我自己却很喜欢"小燕子"。但愿我的读者们，跟我一样喜欢她。

亲情，一直是我笔下的"主题"，我相信，全天下的女儿，都是家里的"格格"；全天下的儿子，都是家里的"阿哥"。

谨将此书，献给天下所有的"格格"和"阿哥"！

琼瑶

一九九七年八月一日于台北可园

（京权）图字：01-2025-0195

**图书在版编目（CIP）数据**

还珠格格 . 第一部 . 3，真相大白 / 琼瑶著 . -- 北京：
作家出版社，2025.1. --（琼瑶作品大全集）. -- ISBN 978-
7-5212-3236-3

Ⅰ. I247.5

中国国家版本馆 CIP 数据核字第 2025KX8702 号

还珠格格 第一部 3 真相大白（琼瑶作品大全集）

作　　者：琼　瑶
责任编辑：翟婧婧
装帧设计：棱角视觉　纸方程·于文妍
责任印制：李大庆　金志宏
出版发行：作家出版社有限公司
社　　址：北京农展馆南里 10 号　　　邮　　编：100125
电话传真：86-10-65067186（发行中心）
　　　　　86-10-65004079（总编室）
E-mail: zuojia@zuojia.net.cn
http://www.zuojiachubanshe.com
印　　刷：三河市龙大印装有限公司
成品尺寸：142×210
字　　数：103 千
印　　张：5.875
版　　次：2025 年 1 月第 1 版
印　　次：2025 年 1 月第 1 次印刷
ISBN　978-7-5212-3236-3
定　　价：2754.00 元（全 71 册）

品 琼 瑶 经 典

忆 匆 匆 那 年

# 琼 瑶 作 品 大 全 集